平岩弓枝

はやぶさ新八御用旅

紅花染め秘帳

講談社

紅花染め秘帳

はやぶさ新八御用旅

装画　西のぼる
装幀　熊谷博人

一

江戸南町奉行、根岸肥前守鎮衛《ねぎしひぜんのかみやすもり》が御城内を退出して数寄屋橋《すきやばし》詰の御番所内にある役宅へ戻られたのは未《ひつじ》の刻《こく》を過ぎていた。

すぐに奥仕えの女中、お鯉《こい》が大ぶりの茶碗《ちゃわん》に香《かおり》高い煎茶をいれて運んで来て、内与力《うちよりき》の隼《はやぶさ》新八郎《しんぱちろう》に手伝わせてお召し替えをなさったばかりの肥前守は、火鉢の脇に用意された座布団の上にくつろがれて、早速、一服の茶を喫せられた。

「世の中には、なんとも面妖な事が起るものじゃな」

一人言のように呟《つぶや》かれて、脱がれたばかりの裃《かみしも》や紋服を乱れ箱に片付けている新八郎をちらりと御覧になった。

「新八は今日あたり、向島《むこうじま》へ参るのではなかったか」

両手を支《つか》え、新八郎は主君に答えた。

「仰せの通り、御隠居様の御機嫌伺いに参るつもりではございますが……」

向島には肥前守の叔母に当る人が隠居所暮しをしていた。旗本の家に嫁したが、夫の死後は屋敷を出て向島の別宅で余生を送っていらっしゃる。肥前守はこの叔母に幼少の頃、大変、世話になったのを今でも昔話になさるほど恩に感じていて、少くとも月に一度は新八郎を使《つかい》にやり、地方の珍らしい物産や御手許金《おてもときん》などを無沙汰見舞として届けさせている。御隠居様の里方の跡継ぎは律義者《りちぎ》で決して御不自由のないよう隠居所への心くばりは欠かしていないが、お仕えしている用人と女中や老僕も、到底、御隠居様の話し相手はつとまらない。更にいえば、御隠居様が肥前守の使としてやって来る新八郎をお気に召して、なにかというと市井《しせい》の捕物話や変った事件などをお聞きになるのを楽しみにしていらっしゃる。

そのあたりを承知して居られる肥前守は、向島への使は必ず新八郎にとお命じになるし、新八郎のほうも、好奇心旺盛な御隠居様と話をするのは決して嫌ではなかった。とにかく、話させ上手、聞き上手の御老女様なのである。

で、主君の問いに対して、格別の用事がなければと返事をしたところ、到来物の蜂蜜《はちみつ》を持って行け、万事は用人の宮下覚右衛門《みやしたかくえもん》に申しつけてあるとおっしゃった。

ちょうど、お鯉が午餉《ひるげ》の膳を持って来たので、

「では、早速、行って参ります」

一礼して居間を出た。

控えの間では宮下覚右衛門から蜂蜜の入った壺《つぼ》の包と御手許金を渡されて新八郎はそのまま通用門を抜けた。

町には、まだ正月気分が残っている。

御堀の上を渡る風は流石《さすが》に冷たいが、陽《ひ》の光にはほのかに春が感じられるようで、新八郎は、生来の俊足で向島へ急いだ。

数寄屋橋から向島まで決して近いとはいえない道のりだが、新八郎にとっては通い馴れたもので、途中、日本橋《にほんばし》の村田屋《むらたや》で御隠居様の好物の「桃山《ももやま》」という銘菓を買い、まっしぐらに向島へ行く。

この季節、暮れるのが早いから、どう急いでも、むこうへ着くのは夕方になるし、帰りは夜と決っている。

出がけには、夜道のための筒型の折りたたみ提灯《ちょうちん》の用意もして来た。

向島では思った以上に御隠居様が大喜びで新八郎を迎え、用人や老僕、女中達までがいそいそと歓待してくれたが、新八郎としては長居が出来ない。

「御用繁多でもあろうが、次にはもそっと、ゆっくり出来るように参ってたもれ、くれぐれも風邪なぞひかぬよう……」

一

名残惜《お》しげな御隠居様が思いついたように用人に声をかけ、持って来させたのは酒であった。余程、上等のものらしく塗りの桶《おけ》に入っている。

「到来物じゃが、この家では誰も酒をたしなまぬ。肥前守どのも同様であろうが、それ、新八が昵懇《じっこん》にして居る湯島《ゆしま》の勘兵衛《かんべえ》とやらには如何《いかが》であろう。廻《まわ》り道になろうし、嵩高《かさだ》かな荷でもあるが、寄ってはくれまいかのう」

ためらいがちに御隠居様がいい、新八郎は正直に笑顔になった。

「実を申すと暮以来、勘兵衛には会って居りません」

年始に奉行所へ来てくれたが、新八郎が客の応待に忙しくしているのを承知していて、お鯉に、取り次がないでくれと念を押し、湯島天神の新しい神札《おふだ》をおいて早々に帰ったと報告を受けていた。

「御用の暇に是非、湯島まで参りたいと思いつつ、その折がございませんでした。これを頂いて参りましたら、勘兵衛はさぞかし感激致すことでございましょう。手前も相伴《しょうばん》させて頂きます」

暗くなりかけた道を、新八郎は提灯と酒樽を提げて、今度は湯島への道を行った。

湯島界隈《かいわい》は流石に夜となっても賑《にぎ》やかであった。

商店の並ぶ道筋には軒《のき》提灯がずらりと並んで往来の人々を照らし出している。

勘兵衛の家には娘のお初《はつ》が来ていた。入口に居た熊吉《くまきち》が大声で、

「小《こ》かん姐《ねえ》さん、隼の旦那がおみえになりました」

と呼ぶのと間をおかずに格子戸《こうしど》をひきあけて、

「まあ、ようこそ……」

といったきり涙ぐんでいる。

「どうした。なにかあったのか」

新八郎が少々、慌《あわ》てて訊《たず》ねると、花のような笑顔になった。

「いいえ、あんまり嬉《うれ》しかったもんですから、つい、涙が出てしまいました」

恥かしそうに指先で払いのけ、

「お父っつぁんは町内の連中と天神様のお神酒所《みきしょ》に行ってますけど、熊公が呼びに行きましたから」

まずお上り下さいまし、とうながされて新八郎は背後を見たが、成程《なるほど》、熊吉の姿はない。

お初に手を取られるようにして座敷へ上った。

長火鉢の前にやれやれと座り込んだのは、流石に向島から歩き続けて少々、くたびれていたからで、手早くお初の渡してくれた茶が咽喉《のど》にしみ渡ると思ったら、それは酒であった。

「ここの家は酒に不自由はしないだろうが、到来物を頂戴してね」

と話しかけたところへ勘兵衛が帰って来た。

で、正月の礼やら挨拶《あいさつ》やらをして、ついでに持参の酒の由来を話した。

「そのような上等の御酒を頂戴しては罰が当ります」

勘兵衛は恐縮したが、お初は早速、最初の一杯を神棚に上げ、徳利に移したのを長火鉢の銅壺に入れると台所でなにやら酒の肴《さかな》を作っている。

「かまわないでくれ。実はいつもの鰻《うなぎ》屋へ寄って大串を焼いてもらおうと思ったんだが、忌《き》中《ちゅう》の札が出ていたんでね」

新八郎が弁解し、勘兵衛がうなずいた。

「あそこは暮の二十六日に年寄が歿《なくな》りまして、まあ、そう申してはなんでございますが、昨年、米寿の祝をすませたほど長命でして、家族も悲しいのが半分、ほっとしているのが半分というのが正直の所で、足腰も立たず、孫の顔も分らぬようになってしまっては、身内はつらいものが多うございますから……」

そうならずに大往生を遂《と》げたのは幸せなことだと勘兵衛は我が身もそうありたいという口ぶりで話している。

「御心配なく。今、熊公の奴がもう一軒のほうへ走って行ってますから……」

そちらのほうが最近、鰻の味がよいと評判なのだとお初は首をすくめるようにして笑ってい

る。新八郎が殿様の使で来た時は、まず深酒はしないと承知しているので、長火鉢の脇へ座って茶の支度《したく》をしながら、

「お父っつぁん、ちょうどよかったじゃありませんか。暮からずっと、例の話を隼様に申し上げてみようかって明けても暮れてもそればっかりいっていたのだから……」

と父親をうながした。

「馬鹿野郎、隼様に対して、ちょうどよかったとはなんてえ言い草だ」

娘を叱《しか》りつけた勘兵衛だったが、

「例の話とはなんだ。ひょっとして正月に俺を訪ねて来たのはその件ではなかったのか。俺と親父さんの仲ではないか、遠慮は無用だ。なんでも話してくれ」

ざっくばらんに訊《き》くと、僅《わず》かばかりためらいながら話し出した。

「実は隼様がおっしゃる通りなんでございます。面妖といえば面妖、そうでないと思えばなんでもない話なので……」

勘兵衛が面妖といったことで、新八郎は、ふと今日、肥前守がお召し替えの折、同じ言葉を口にされたのを思い出した。

あの時は、新八郎が問い返そうとする前に肥前守のほうから向島の御隠居様へ届け物へ行くよう仰せつかったので、すぐさま御前を下って出かけてしまい、肥前守がなにを面妖とおっし

やったのか訊きそびれた。

よもや、肥前守の「面妖」と勘兵衛の「面妖」とが同じ話とは思わないが、偶然の一致が面白くて、

「勘兵衛の面妖な話とはなんだ。かまわないから話してみないか」

と、急《せ》かした。

不忍池《しのばずのいけ》に近い勘兵衛の家は町中にしては静かな一画で、路地を行く駒下駄の音もこの時刻、ひっそりして軒を叩《たた》く風の音も今日はひかえ目に聞える。

「隼の旦那は今日、向島の御隠居様をお訪ねになっての帰りとうかがいましたが、そちら様のお住居は、たしか弘福寺《こうふくじ》の近くと承《うけたまわ》ったように憶《おぼ》えて居りますが……」

新八郎は苦笑した。年齢《とし》にもかかわらず、勘兵衛の記憶力が若い者顔負けなのはよく知っている。

「その通りだ。あまり川に近いのも大水でも出た時に剣呑《けんのん》だし、桜並木が傍《そば》でも花時に人が多くてさわがしかろうと、うちの殿様がいろいろお考えになって、弘福寺が持っている土地を住職に頼んで借り受けて建てたのでね。こぢんまりしているが瀟洒《しょうしゃ》な家だよ」

「手前がお話申しますのは、御隠居様のお住居よりも少々東の方向に当ります」

隅田川《すみだがわ》へ流れ込む小川のほとりにあって、地所は比較的ゆったり取ってあるが、家そのもの

は五十坪足らず、外見は草庵といった様子で、

「もともと、蔵前《くらまえ》の大店《おおだな》の主人が別宅として造らせましたので、俳諧なぞの集まりに使われていたそうでございます」

その主人が昨年歿り、跡を継いだ息子は風雅の趣味はない。といって取りこわすのは惜しいと、そのままにしてあったのが、最近、借り手がついたらしいと勘兵衛はいった。

「お父っつぁん、そんなまどろっこしい話し方をしていては、隼様のお帰りが遅くなりますよ。とっとと肝腎のことをお話しなければ……」

お初がおきゃんな声を上げた。

本名はお初だが、清元《きよもと》と舞踊の名手で、清元のほうの名前が小初《こはつ》、踊りの名取の名が坂東《ばんどう》小かん、湯島界隈では小かん姐さんと呼んだほうが通りがよい。

父親が年齢を理由に十手《じって》捕縄《とりなわ》をお上に返上し、穏やかな隠居暮しを楽しもうとしているのに、世間はこの名岡っ引の隠退を許さないで、勘兵衛に断られるともっぱら小かんのほうへ事件を持ち込んで来る。

また、小かんには独特の才があって大の男が解けない謎に取り組んで、すらすらと解きほぐしの糸をたぐり出したりするので、もともと、勘兵衛の子分であった熊吉などは、すっかり小かん姐さんを女親分扱いにしていた。

無論、新八郎も長年の交際《つきあい》だし、女親分の才能を認めているけれども、当惑するのはなにかにつけて小かんが新八郎を色っぽい目でみつめたり、小娘のように袂《たもと》をふり上げてぶつ真似《まね》をしたりすることで、湯島小町と仇名《あだな》があるほどの美女から親しげに振舞われるのは悪い気はしないが、町奉行所内の役宅に郁江《いくえ》というれっきとした女房のある身では、鼻の下を長くするわけにも行かない。

そうした新八郎の内心を知ってか知らずか、今日のお初、いや、ここからはむしろ世間の通り名に従って小かんと書いたほうが具合がよさそうなので、以下はそれに従うことにする。

新八郎のために手早く茶をいれて、小かんは父親を押しのけるようにして前へ出た。

「お父っつぁんの申し上げた向島の別宅なんですが、いつの間にか新しい人が住んでいるんですよ」

「いつの間にかということはあるまい。持ち主のほうから町役人に一応、こういう者が住むと届けて来るものだ」

町役人と書いて、この場合は町《ちょう》役人と呼ぶ。

奉行所に勤務する町《まち》役人と区別するためで、町《まち》役人というのは町奉行所に属する与力や同心の呼称で、町《ちょう》役人とは名主《なぬし》の別称で、時には名主の下で働く人をも含めて、そう呼ぶこともある。

町奉行所というのは本来、民政を職務とするものだが、江戸のような広大な管轄地の場合、到底、役人の人数が足りない。それ故、幕府は民間人を行政事務にかかわらせていた。町年寄と呼ばれる樽屋《たるや》、奈良屋《ならや》、喜多村《きたむら》の三家を筆頭にその下に名主をおき、家持（地主）、家主、自身番の番人などがその指示に従って働いた。それらを町役人《ちょうやくにん》と一括して呼ぶので、新八郎が町役人といったのはそちらのほうであった。

なにかいいかけた小かんを制して、勘兵衛が頭を下げた。

「実は先日、たまたま寄合で津田屋《つだや》と申します酒問屋の主人からその話を耳にしたのでございますが……」

津田屋の主人の女房の実家が寺島村《てらじま》にある。

「この正月に女房の、お里《さと》さんと申すのが子供達を伴って、親の家へ年始旁々《かたがた》、遊びに行って聞いて来たそうですが、御承知の通り、寺島村は向島の内でございますし、お里さんの実家は諏訪《すわ》明神の裏手に当ります。あの辺りの大地主で代々、名主をつとめていて、御当主はまだお若い方ですが小林波之助《こばやしなみのすけ》さんといわれます」

蔵前の大店の別宅というのは小林家と敷地を隣にしていて、

「もはや、名前をかくすわけにも参りますまいし、隼の旦那に申し上げようと正月に御役宅のほうへうかがいましたのも、その件でして……」

名主の小林波之助のほうからも、内々に勘兵衛に相談があったという。

「松倉屋《まつくらや》の古くからの番頭の一人に伊左衛門《いざえもん》と申しますのが居りますが、これの生れ故郷が山形《やまがた》のほうで……」

新八郎が軽く手を上げて、勘兵衛を制した。

「山形とは……羽州《うしゅう》の山形か……」

「はい」

「随分と遠くから出て来たものだな」

普通、江戸の商店に奉公する者の大方は江戸近在の出身といわれている。勿論《もちろん》、例外はあるが羽州から江戸まで奉公に出るというのは珍らしいと新八郎がいい、勘兵衛が合点した。

「手前もそう思いまして伊左衛門さんに訊いてみました所、若い時分は力自慢で、殿様の荷物かつぎに選ばれて江戸まで参り、人の二倍もの荷を運んだというので組頭様のお目に止まり、暫《しばら》くは下屋敷で畑仕事などをさせて頂く中《うち》に、口をきいて下さる御方があって松倉屋さんへ奉公するようになったとか聞いて居ります」

最初は下働きであったが、真面目で仕事熱心なのがここでも認められて番頭にまで出世した。

「ですが、もう五十を過ぎて居りますので、ぼつぼつ退任となる筈《はず》で、そうなったら、また故郷へ帰って暮すようになるだろうなぞと話して居りました」

「女房子はいないのか」

「松倉屋さんのような大店では奉公人の妻帯は難しゅうございましょう。所帯を持ったら奉公を続けることは出来ない取り決めになっていると聞いたことがございます」

それは越後屋《えちごや》のような呉服《ごふく》物を扱う老舗《しにせ》などでも同様だと勘兵衛はいう。

「大店に奉公するのも楽ではないな」

「隼の旦那のように、お若い中からおきれいな奥様をお持ちになれる御方には想像もおつきになりますまい」

「盆と正月に故郷へ帰れもしないぞ」

商家の奉公人の休日は一月十五日と七月十五日、年に二日と決っている。

「福島《ふくしま》までが七十一里というから、山形というのはそれよりも北だろう」

「いくつか道があるそうですが、どの道を行っても福島から二十里はあると聞きました」

江戸生まれ、江戸育ちの勘兵衛は日光《にっこう》より北へは行ったことがないと笑っている。

「俺もあっちのほうは縁がないな、勘兵衛父っつぁんと同じだよ」

鰻飯が届いて、それがきっかけで新八郎が話をひき戻した。

「ところで、父っつぁんの面妖な話ってのは、松倉屋にかかわりがあるのか」

一

肝吸《きもす》いの椀を運んで来た小かんがここぞと話に加《くわわ》った。

「全く、うちのお父っつぁんの話につき合っていると、あっちへ行ったり、こっちへ来たり、なにがなんだか分らなくなっちまうんですよ。いえね。隼の旦那に聞いて頂こうと思ったのは向島の松倉屋の別宅に住んでいる人達のことでしてね、名主さんがお上の決まりに従って、別宅を訪ねて素性なんかを訊いたら、松倉屋の知り合いだって返事で、まあ、それなら問題はなかろうと思いながら、律義な名主さんは用足しに出たついでに松倉屋へ寄って番頭さんに念押しのつもりで別宅の人達のことを話したら、びっくり仰天《ぎょうてん》しちまって、そんな人は知らない、主人からも聞いていないって青くなっているんです。名主さんも驚いちまって、勝手に入り込んで住んでいるならお上に届けなけりゃいけないから、一緒に来てもらいたいってんで、番頭さんは主人に断りをいってくるって奥へ入ったきり今度は長いこと待たされたあげく、今日は日が悪いので別の日にするよう主人が申して居りますので改めてそちら様へ参りますですと……」

「成程、面妖だな」

新八郎が冗談らしく合《あ》い槌《づち》を打ち、小かんがむきになった。

「笑い事じゃありません、それっきりなんですよ。名主さんが業《ごう》を煮やして何度も松倉屋へ行ったのに、主人も番頭もまるっきり顔を見せない。手代がいうには、急用が出来て旅に出たと……」

「二人揃《そろ》ってか」

「ええ」

「そんな嘘はすぐばれるだろう。どこにかくれたってかくれ切れるものじゃない」

「でも、本当にいなくなったみたいなんですよ。うちの熊吉が躍起《やっき》になって下っ端をかき集めて松倉屋の出入りを見張り、奉公人を厳重に調べたり、別宅はおろか、知人親類、片っぱしから訊いて歩いても埒《らち》があかないんです」

「よくよく他人には言えないような用事で出かけたのかな」

それなら当然、行った先も明かしにくい。

「ひょっとすると、どこかで殺されちまっているんじゃないかって噂も出ているんです」

小かんが顔をしかめ、新八郎は、

「悪い冗談だぞ」

と笑いとばそうとして、勘兵衛の表情に気がついた。で、

「親父さんも小かんと同じ考えなのか」

と訊ねると、

「よもやとは思いますが、どうも嫌な感じがありまして……」

一

と口籠《くちご》もった。

長年、名岡っ引として御用をつとめた勘兵衛が事件に対して秀《すぐ》れた直感を持っているのを新八郎は今までに何度も思い知らされている。

新八郎が御番所内の役宅へ戻ったのは夜半に近かった。

出迎えたお鯉から、

「殿様はつい先程まで新八郎様のお帰りをお待ちの御様子でしたが、叔母上は徒然《つれづれ》でいらっしゃる。久しぶりに参った新八をよい話相手にして離されぬのであろうと仰せになって寝所へお入りになりました」

と聞き、

「では、明日、いつもの刻に参る。もし、殿よりお訊ねがあったら、湯島の勘兵衛の所へ寄った旨《むね》、申し上げておいてくれ」

とだけ言って御番所内にある奉行直属の家臣の住む長屋へ帰った。

奉行所に所属する与力、同心などは八丁堀《はっちょうぼり》に各々《おのおの》、家屋敷を賜《たまわ》ってそこから奉行所へ出仕するのだが、新八郎のような自分が奉公している主人が町奉行に就任し、そのために主人について御番所へ入った者は奉行の役宅の裏側に長屋が用意されていてそこに住む。

妻の郁江は少しばかり眠たそうな目をしていたが、いつものように甲斐甲斐《かいがい》しく新八郎の着

替えを手伝いながら、

「つかぬことをうかがいますが、このところ、御用繁多でございましょうか」

いいにくそうな口調で聞いた。

「どうした、留守中に何かあったのか」

郁江の実家は旗本の神谷《かみや》家で、そこの跡継ぎの鹿之助《しかのすけ》は新八郎にとっては幼馴染の親友であった。その縁で、郁江と夫婦になった今は義兄にも当る。父親は新御番組頭で長男の鹿之助は間もなく新御番組に入るのが決っているが、目下は見習であった。生来、男にしてはまめな性格であるし、今の所、多忙という身分でもない。それもあって、なにかというと新八郎を訪ねて来る。一つには妹の郁江がお嬢様育ちで万事におっとりしている分、気くばりに欠けるのを、夫である新八郎が困っているのではないか心配して妹を叱咤《しった》激励しがてら監督にやって来て、その結果、猛烈な兄妹喧嘩になったりもする。

新八郎にしてみれば有難迷惑でないこともないのだが、そこは子供の頃からの親友で肝胆相《かんたんあい》照《て》らす仲なので、結局は笑って片がつく。

けれども、郁江はこの兄が苦手で新八郎の留守中にやって来ると、

「どうせ、またくだらない事件を持ち込んで来たのでしょう。主人《たく》はそれでなくとも忙しい立場なのですから、よけいな話はしないで下さい」

一

切り口上にいって追い払ってしまう。そのくせ、夫の友人でもある兄を邪慳《じゃけん》に扱ったのを後悔するらしく、鹿之助が帰った後は不機嫌に考え込んでいたりする。

更にいえば、神谷家は夫婦揃って派手な性格なので、なにかにつけて茶の湯の催しやら花見、月見の宴《うたげ》を開いて客を招く。そうした際には必ず、郁江の所にも招待が来て都合がつけば裏方の手伝いに来てもらえないかと使がある。

郁江は子供の頃から実家のそうした家風の如きものに馴染んでいて出かけて行くのは嫌いではない。むしろ、平素は終日、御番所の役宅暮しで華やかな実家の催しをなつかしく思っているので、知らせが来るのを待ちかねている風でもある。

さりながら夫のほうは風雅とも遊びとも全く無縁の人で、町奉行の内与力の立場では、妻の実家の催しにいそいそと出かけられる筈《はず》がない。夫は優しくて、郁江に対し、

「たまには実家へ顔出しをするものだ。俺が不義理をしている分を、そなたが補うつもりで番《ばん》町《ちょう》へ行ってくれ」

なぞという。それが解っているだけに、かえって郁江としてはいい出し難い。

そのあたりの妻の気持を承知している新八郎なので、郁江が話しやすいように水を向けたのだが、

「兄から使が参りましたの」

不快そうに告げる。

「番町のほうで義母上《はは》がお茶事でもなさるのなら、面倒でも行ってお手伝いをすることだ。あちらはお祖母《ばば》様が歿られて暫くは催事を慎んで居られたので、日頃、親しくされている方々は寂しく思われていたようだ。そなたも行ってせいぜいお役に立ってさし上げるがいいぞ」

といってやると、

「茶事ではございませんの」

娘の時と同じ顔付でふくれている。

「では、なんだ」

「兄が、是非、貴方《あなた》に会って頂きたい人があると……」

「兄上のお頼みとあれば断る気はない。いつ、どこへうかがえばよいのか訊いておいてくれたか」

郁江が小机の上から書状を取って来て、新八郎に渡した。

いつもながらの達筆で簡単な時候の挨拶の後に、勝手ながら是非、頼まれてもらいたいことがあるので御用の暇の出来た折に番町まで来てもらえないだろうかと、要領よく書かれている。

「明日、兄が御番所をお訪ねするそうですけれど……」

この家に来ず、御番所のほうで話をするというのが、郁江の気に入らないのだと判《わか》って新八郎は苦笑した。

「兄上は、わたしが忙しいのを知って気をくばって下さったのだ。別にそなたに聞かれて困るような話をするわけではない。ただ、人に会って、おそらく、話を聞いて欲しいということだろう」

「女の方のようでございますよ」

「女……」

「兄を責め立てて白状させましたの。せめて男か女かぐらい、お聞かせ下さい。それとも私にいえないようなお方なのですかと申しましたら、困った顔で女性《にょしょう》だと……」

そのやりとりの場が目に浮んで、新八郎は笑い出したいのをこらえて妻をなだめた。

「女といってもさまざまだ。婆さんも子供も、女は女だ。小野小町《おののこまち》か、楊貴妃《ようきひ》かというのが現われるとは限るまい。大体御番所勤めの者に用があるのは、まず中年過ぎか、悪くすると化けて出そうな婆さんということもある」

郁江が笑い出し、その話はそれきりになった。

翌日、根岸肥前守が御城内に出仕なさるのの御供をつとめて、一旦、新八郎が御番所へ戻って来ると、大廊下のすみの目立たないあたりに御用部屋手付同心の大竹金吾《おおたけきんご》がさりげなく立っている。新八郎とは剣の師が同じの、竹馬の友でもあった。

新八郎のほうから近づきながら、ちらと御用部屋のほうへ視線を向けたが、幸い、この時刻、人の姿はない。

「御奉行からお指図を受けていらます、このまま、手前と御同行下さい」

低くささやいて、さっさと背を向けた。

新八郎が彼に追いついたのは、御城外へ出てからである。

「神谷どのはまっすぐ番町の落合様《おちあい》へ行かれたそうです。そのほうが目立たないというわけで……」

「落合というと……」

「落合清四郎《せいしろう》どのです」

肩を並べて歩きながら、新八郎はあっけにとられていた。

「なんで、落合清四郎が出てくるんだ」

落合清四郎は三千石の旗本で中川《なかがわ》御番所の御番衆役をつとめている。

或る事件が縁となって新八郎とは身分を越えて義兄弟の約束を結んでいた。

一
番町の落合家は庭が広かった。

新八郎が大竹金吾と共に案内されたのは庭に面した広間で、勿論、新八郎はこの家には何度となく来ているので驚かなかったが、初めての大竹金吾は庭を眺めて茫然《ぼうぜん》としていた。

庭は殆《ほと》んどが菊《きく》畑であった。

すでに菊の季節は終って霜囲《しもがこ》いのしてある状態であったが、その代りのように梅がほころびかけている。

紅梅と白梅と。その根元はかつて弟の留守にこの屋敷へ乱入し弟の妻となった越後《えちご》村上《むらかみ》城五万九千石の内藤《ないとう》豊前守《ぶぜんのかみ》信敦《のぶあつ》の妹、小夜《さよ》姫をはじめ、用人、乳母《うば》などを襲った侍共を相手に斬り結び、彼らを一人残らず討ち止めたものの、自らも総身に傷を負い討死した女丈夫、お茂登《もと》の最期の場所であった。

それを知っている新八郎はひそかに瞑目《めいもく》して亡き人の霊に祈った。

出迎えた清四郎はそれに気付いて、新八郎に対し、軽く頭を下げたが何もいわず、新八郎も触れはしなかった。

通された部屋は広間の奥にある書院で、こちらは寒気を通さぬよう襖《ふすま》や障子が閉じられて、火桶がいくつも配置されている。

「御両所はこちらに……」

と清四郎が東側に用意された席を示した。

一

二人が座に着くのを見届けて、清四郎が襖のむこうに軽く咳《せき》ばらいをした。

それが合図であったとみえて、静かに襖が開き、清四郎の妻である小夜姫がもう一人の女人を伴って敷居ぎわに手を突き、形のよいお辞儀をして、

「隼様、大竹様、本日はようこそお越し下さいました。私どもの勝手な願いをお聞き届け下さいまして有難う存じます」

心のこもった挨拶をしてから、夫の清四郎に、

「私から御紹介申してもかまいませぬか」

と訊ね、清四郎のうなずくのをみて、

「不束《ふつつか》ながら、おひき合せ申します。こちらの御方は山形からお出《い》でになった原田《はらだ》みづき様とおっしゃいます」

穏やかだが、どこかに凛《りん》とした声音が響き、隣に座っていた女人が顔を上げた。

まだ若く、薄化粧だがいきいきとした感じの美女であった。

僅かばかり視線を上げて、新八郎はそこに清らかな大輪の白菊が咲いているような印象を受けた。同時に楚々《そそ》として可憐なその人の双眸《そうぼう》に、たとえようもない哀愁の色が漂っているのを感じ取っていた。

二

落合《おちあい》家の書院はひっそりと静かであった。

番町にある旗本家の中でも敷地が広く、近隣はみな、同じような武士の屋敷なので外の物音は格別のことでもないと聞えない。

新八郎《しんぱちろう》が原田《はらだ》みづきの挨拶に答礼したのをみて清四郎《せいしろう》が口を開いた。

「隼《はやぶさ》どのは手前にとっては兄も同然の御方であれば、ざっくばらんに申し上げますが、みづきは手前の妻と少々、ゆかりのある家の娘にて。但《ただ》し、幼少の時、親の意向で遠縁に当る原田家へ養女として出されました」

みづきが養女に入った原田家は山形藩士で、代々、主命により山形産の紅花《べにばな》に関する万事を管理する役目を承っていた。

「隼どのは、紅花と申すものを御存じですか」

清四郎に問われて、新八郎は苦笑した。

「手前は生来、武骨者にて花が美しいと感嘆致したのは、御当家の菊畑を拝見した時が最初と申してもよいくらいのものです」

清四郎がちらとみづきをうながした。

「手前も実物をみたことはないのです。みづきどの、紅花について御教示願えませんか」

みづきは僅かに恥らったが、悪びれはしなかった。

「私が教えられましたことでは、紅花はその祖《おや》を菊と同じくするとか。夏になりますと黄色の花が咲きます。華やかではございませんが素朴な愛らしさがあるように思います。むかしは、ただ、紅《くれない》と申したとか、呉《くれ》の藍《あい》という意味で海のむこうの国から伝って来たのではないかといわれて居ります。もともとが色を染めるのに用いられ、濃い紅に染めますのは何度も重ね染めしなければならず難かしいと聞いて居ります」

傍から小夜《さよ》姫が言葉を添えた。

「別の名を末摘花《すえつむはな》と申しますとか。源氏《げんじ》物語にその名前の姫君が出て参りますから、随分と古くから日本でも育てられていたのでしょうね」

女二人の話が横道に逸《そ》れ、清四郎がひき戻した。

「つまり、その、みづきは山形藩士である原田家の養女となり、いずれ然《しか》るべき聟《むこ》を迎える筈であったのですが、その相手が松倉屋聖之助《まつくらやせいのすけ》という話が起ったのだそうです」

「待ってくれ」

思わず新八郎が話を遮《さえぎ》った。

「みづきどのは山形藩士の娘、つまり養女とはいっても武士の娘であろう。松倉屋は商家ではないか」

士農工商なぞという身分差は泰平《たいへい》のこの時代、通用するものではないが、それでも武士の家が商家の娘を嫁にする時は、一応、然るべき者を仮親に立てる慣例が多い。まして松倉屋の場合はその逆であった。

「聖之助というのは武士になりたがっていたのか」

商家の忰《せがれ》でも子供の頃から剣道場に通ってけっこう腕自慢の奴で武士になりたいなぞといい出す物好きがないとはいわないが、

「まあ、剣呑だと考えるのが当り前だろう。侍の暮しはけっこう厄介だし、上下の関係も難かしい。一つ間違えば命にかかわるし、町屋暮しの者から見たら、馬鹿らしいほど鹿爪《しかつめ》らしいんじゃないのか。元亀天正《げんきてんしょう》の昔なら合戦に出て敵の首をいくつも取って大出世なんぞということもあるかも知れないが、この節、余っ程の才気があったとしてもそれを発揮する場所に恵まれるかどうか……」

黙って聞いていた大竹金吾《おおたけきんご》が笑い出した。

「要するに、松倉屋聖之助はみづきどのに惚れたということではありませんか。みづきどのと夫婦になるには武士にならざるを得ないと覚悟して……」

みづきがつんとした。

「私はあのような洟垂《はなた》れ小僧は大嫌いでございます。うぬぼれが着物を着て歩いているような男です」

「みづきどのは聖之助にお会いになったことがあるのですか」

「原田家へ養女にやられてすぐでした。血のつながりはないが、従兄妹《いとこ》に当るのだからなぞといわれて……」

みづきが養女に入った原田求女《もとめ》の妻、幸江《ゆきえ》は松倉屋の先代、庄左衛門《しょうざえもん》の妹に当るのだと苦々しそうにいう。

「では、みづきどのは、この度《たび》、松倉屋の当主である聖之助が番頭の伊左衛門《いざえもん》と旅に出ているのは御存じか」

新八郎の問いが核心に入って、みづきがしっかり顔を上げた。

「実はそのことについて、小夜姫様に御相談申し上げに参ったのでございます」

まあまあと清四郎がいった。

二

「そのようなことはどうでもよかろう。隼どのも大竹どのも困惑されて居る。よい加減に用意のものを持って参れ」

二人が書院を出て行き、清四郎は改めて新八郎と大竹金吾に頭を下げた。

「どうやら二人共、御番所きっての男前の御両人を前にして、すっかり逆上してしまったようです。御容赦下さい」

ちらとあたりを窺《うかが》うようにしてから、声をひそめた。

「みづきが山形から出て参ったのは家に伝わる大切な秘帳《ひちょう》を盗まれた故《ゆえ》です」

思わず新八郎と大竹金吾が顔を見合せた。

「秘帳といわれましたか」

と訊いたのは新八郎で、清四郎が目でうなずいた。

「俗に、紅花染め秘帳などと呼ばれているようです」

つまり、紅花作りから染色の秘訣まで一切の手法や注意のさまざまなぞが刻明に記されているもので、

「紅花を育て、花のどこを摘《つ》み、どう処理をして染めにかかるのか。手前は素人《しろうと》でなにやらわかりませんが、菊を育てるどころではないのだけはみづきの話を聞いてもわかります」

長年にわたり、さまざまの失敗を重ねて紅花作りを続けて来た多くの人の智恵が書きとめら

れているもので、

「山形藩においては勿論、秘中の秘とされているのを、代々、あずかり、また新しい発見を書き加えて行くのが原田家の当主の責務なのです」

沈痛に清四郎がいい、思わず新八郎が問い返した。

「それが盗まれたと……」

「左様です」

「しかし、それほど大切なものならば、それ相応に秘匿《ひとく》されているのではありませんか」

「無論です。その場所は本来、当主一人が知っているものですが当主が急死したりする場合も考慮して当主と後継者、つまり、女房子には知らせておくようです」

原田家の当主は求女といい、子供は養女のみづき一人であった。従って、妻の幸江と娘のみづきに伝えられるべきであった。

「ですが、当時みづきはまだ若年、そのため、求女どのが伝えたのは、妻女の幸江のみであったのです」

その求女が若くして急死した。

「死因はわからぬそうです。医者が来た時は、もう息がなかったとか」

「でも、御妻女が……」

二

「幸江は夫の野辺《のべ》送りもせず、出奔しました。男が一緒だったと奉公人が申し立てています」

「男の名は……」

「わかりません。奉公人も見知らぬ男であったといいます」

「まさか、御妻女が秘帳を持ち去ったのではありますまいな」

清四郎が沈痛な表情でうなずいた。

「その、まさかです」

たかが植物の栽培について記したものとはいっても、原田家にとっては由々《ゆゆ》しき大事だと新八郎も思った。

襖が開いて、小夜姫とみづきが自ら膳部を捧げて入って来た。話の重大さから女中達をこの部屋に近づけない心くばりのようである。

「かような御話の際、御酒でもありますまいが、ほんのお凌《しの》ぎまでに……」

膳の上には志野焼《しのやき》の小茶碗に温めた酒と、鱲《からすみ》にこのわた、それに蟹《かに》の身をほぐして同じ蟹の味噌で軽く和《あ》えたものが肴として並んでいる。

「これは我々には分に過ぎますな」

新八郎は大竹金吾と顔を見合せたが、小夜姫の勧め上手に盃《さかずき》を取って口に含むと腹の底にしみ渡るような銘酒であった。

無論、二人共、酔うほどには飲まない。

「不躾《ぶしつけ》ですが、求女どのの御妻女はなんのために秘帳を持ち去ったのですか」

夫に先立たれたからといって婚家から出て行けよがしにされ、腹立ちまぎれになどということはあるまいと、新八郎は少しばかり酒の力を借りて他家の事情に踏み込んだ。

清四郎が二人を代弁するように答えた。

「その点についてては小夜もみづきも思い当る点がなにもないと申しています」

原田家では、とりあえず当主の死を伏せ、早急にみづきに聟を迎えて跡目《あとめ》相続を願い出る心算《つもり》で、これは殿様の御内意でもあり、そのように取り計《はから》ってくれたのは用人の倉持左大夫《くらもちさだゆう》であると清四郎は続けた。

代々、原田家が仕えているのは山形藩主、秋元家《あきもとけ》で、現在は秋元但馬守永朝《たじまのかみつねとも》の代で羽州村山郡山形六万石、江戸の上屋敷は大手より八丁の呉服橋《ごふくばし》内にあり、中屋敷は浜町《はまちょう》、下屋敷は四谷《よつや》東角筈《ひがしつのはず》と池之端《いけのはた》、及び深川《ふかがわ》にある。

用人は三人いるが、江戸屋敷を取りしきっているのは倉持左大夫といい、かなり羽ぶりもよいらしい。

原田家ではその倉持左大夫に頼んで、紅花染めの秘帳紛失をひたかくしにしているのだが、
いつまでもかくし続けられるものではない。

二

「御妻女の行方はわからぬのですか」

大竹金吾が訊ね、小夜姫が答えた。

「おそらくは、実家かと……」

求女の妻の幸江は松倉屋庄左衛門の妹に当り、庄左衛門の悴の聖之助と原田みづきは将来、二人を夫婦にしてはという話もあったくらいだが、みづきが承知せず、立ち消えになっている。

幸江は江戸の松倉屋へ逃げたのでは忽《たちま》ち手が廻るから、

「母方の実家……たしか、奥州の白河《しらかわ》と聞いたように存じます」

「お待ち下さい」

たまりかねたように新八郎が制した。

「どうも、話が入り組みすぎているようです。我々が承知していることを大竹と共に並べてみますので、その上で不審があると思われたら、御教示下さい」

まず、新八郎が耳にしたのは、松倉屋の主人と番頭が急用が出来て旅に出たという一件である、といった。

「つまり、松倉屋の主人、聖之助と番頭の伊左衛門です。仮にも大店の主人と番頭が打ち揃って旅に出たというのに、松倉屋の家の者は一人としてその行先を知らぬと申す。この話を調べたのは熊吉《くまきち》と申す男と湯島では今でこそ隠居と称していますが、かつては江戸で指折りの名岡っ引と評判であった勘兵衛《かんべえ》、手前とは長年、つき合いのある老人で、御奉行も御存知でいらっしゃいます。ちなみに松倉屋では昨年、主人の庄左衛門が歿り、悴の聖之助が跡を継いだばかり。また町方役人の探索によれば、松倉屋の先代は山形の出身で、商売はもっぱら山形の物産を江戸で売りさばいて、一代でかなりの財を成した出世頭と評判で、主人が歿ったからといって借財で店を閉めねばならぬような理由はなに一つ見当らぬと申します」

今の松倉屋は町《ちょう》役人に管理をゆだね、奉公人達は暫くの間、これまでのように奉公し商売を続けている。

けれども、もし松倉屋聖之助と番頭の伊左衛門の死亡が確認されれば、松倉屋を今後どうするかについては町役人が相談に立ち会うとされている。

「実をいうと町方はそこまでしか松倉屋に対する知識がなかったのです」

そこへ、原田みづきが山形から出て来て、姉とも慕う小夜姫を頼り、小夜姫の夫の落合清四郎が新八郎の交誼《こうぎ》の縁から神谷鹿之助《かみやしかのすけ》へ持ち込んで、結果、根岸肥前守《ねぎしひぜんのかみ》を経て、新八郎へたどりついた。

二

新八郎にとってはこんがらかった凧《たこ》の糸が投げつけられたようなものだが、清四郎夫婦やみづきの前でそれを口に出すわけには行かない。苦が虫を噛《か》みつぶしたような表情になりかけている新八郎をみて、大竹金吾がさりげなく交替した。

「みづきどののお気持としては、なんとしても秘帳を取り戻したい。そのためには白河へ逃亡した可能性のある幸江どのを追って行き糾明《きゅうめい》、いや、真実を明らかにしたいとお考えなのですな」

穏やかに大竹金吾が結論を出し、みづきははっきり肯定した。

「仮にも義理の母に当る人に対し、鬼女のような心を持つとおさげすみにもなりましょうが、秘帳を悪事に用いるのだけは許せませぬ。私としては、命を懸けても……」

涙ぐんだみづきを見て、清四郎がいった。

「御両所、お聞きの通りです。手前はこれより御奉行にお目通りを願いに行くつもりです。御同道願えれば、まことに幸せに存じますが……」

三人が数寄屋橋にある南御番所にたどりついた時、ちょうど、根岸肥前守鎮衛《やすもり》は御城内から退出してお鯉《こい》がお召しかえを手伝っている最中であった。

居間に案内されたのは落合清四郎だけで、新八郎と大竹金吾は次の間にひかえていた。

小半刻《こはんとき》ばかりで話を終え、落合清四郎が辞去してから、肥前守は遅い午餉の膳をお鯉に運ばせ、それが済むと煙草《たばこ》盆をひき寄せて軽く一服なさった。

「待たせたの。両人共、これへ……」

と声がかかったのは、その後である。

「新八が諸方から揉《も》め事を持って帰るのは毎度のことじゃが、この度は大竹までが巻き込まれたか」

平伏している二人を眺《なが》めて苦笑された。

「大竹は江戸にあって松倉屋を徹頭徹尾、洗い上げよ。調査は極内じゃ。御番所の者にも気づかれてはならぬ。くれぐれも心するように……新八はとりあえず白河へ向うことになろう。この季節の北国への旅じゃ。用意は念にも念を入れよ。旅立ちに際して持たせねばならぬ書状などがある。出立は明朝まで待つように」

居間を出て御番所へ続く大廊下の手前で新八郎と大竹金吾が立ち止った。

「新八さんにぬかりがあるとは思いませんが、くれぐれも気をつけて下さい」

「金さんも気をつけろよ。敵は案外、本能寺《ほんのうじ》にありかも知れんぞ」

共に剣を学んでいた頃のように、新八さん、金さんと呼び合って、二人は左右に別れた。

翌朝、旅支度で御番所の役宅を出ようとした新八郎は一足先に見送りのため玄関に出ていた妻の郁江《いくえ》が菅笠《すげがさ》を持った男に荷物を背負わせているのを見た。

旅馴れている新八郎のことで荷物は決して嵩高かなものではないが、極寒の地をめざすのでそれなりの準備をしている。勿論、自分で背負って行く気であった。

二

男が胸の前で風呂敷包みの紐を結びながら新八郎のほうへふりむき、嬉しそうな顔で頭を下げた。

「藤助《とうすけ》じゃないか」

駒込《こまごめ》に住む岡っ引でお上の御用をつとめている。藤助の背後に、彼に御手札を与えている大《お》久《く》保《ほ》源《げん》太《た》が立っていた。定廻《じょうまわ》り同心である。

江戸の治安を守るために組織された南北の御番所には町奉行一人につき与力二十五騎、同心百二十人が配属されていた。与力は二百石取り、同心は三十俵二人扶持と決っていた。

建前は一代限りとなっているが、実際は世襲であった。

与力の子は十五、六歳で奉行所に出て見習いとなり、やがて本勤となる。同心も同様であった。原則として親は我が子が本勤になると時期をみて隠居願いを出す。例外が全くないわけではないが、まず与力の家に生まれれば、代々、与力職を継ぎ、同心ならば一生、同心であった。どんなに手柄をたてようが、功績があろうが同心が与力に昇格することはない。住居は八丁堀に屋敷をかまえ、江戸の警備から火付盗賊などの捕縛《ほばく》、裁判から刑の執行など、さまざまの役をこなしているが、庶民に一番人気があるのは定廻り同心で竜紋裏、三ツ紋付の黒羽織に着流しで腰に朱房の十手をたばさみ、小者一人を供にして町々の自身番を廻り、少々の事件は自身番で取調べを行ってしまう。勿論、賊の逮捕に向って修羅場をくぐる例も少くない。

一方、彼等の最上位に立つ町奉行は老中の支配に属し、禄高は三千石、普通は勘定奉行や遠《おん》国《ごく》奉行などから任命される。

町奉行の難かしいところは、与力、同心達は各々《おのおの》の奉行所に属しているので、奉行の家臣ではない。そのために奉行は自分自身の家来を内与力として私事の役目をさせる。大名家や旗本などから公《おおや》けに出来ない厄介事の解決を依頼された場合、内与力が有能であれば、彼にその任務をまかせる例もある。

なんにせよ、町奉行所の与力、同心達にとって内与力は煙ったい存在でもあり、あまり親しくなりたがらないのが普通であったが、根岸肥前守の内与力である新八郎には奉行所の中に少くとも二人、親友と呼べる相手がいた。

一人は以前、共に剣を学んだ仲間である大竹金吾で、彼の奉行所での役目は御用部屋手付でこれは奉行の用人に属するので、内与力の新八郎とは何かにつけて顔を合せることが多い。

もう一人が定廻り同心の大久保源太であった。どちらかといえば利《き》け者揃いで功名心の強い定廻りの中で、彼は目立たない存在であった。けれども、新八郎は最初から彼に好意を持っていた。地味だが下の者に対して目くばりが行き届き、他の同心達が厄介がるような仕事を丹念にやってのける。

二

更にいえば、同心の手足になって働く岡っ引と呼ばれる連中はお上から一文のお手当ても出ない。無給でこき使われるので、要領のよい者は、なにかにつけて用もないのに金のある商家に顔を出す。商家のほうでもお上の仕事をしている相手に憎まれでもしたら何かの時に厄介と考えて、さりげなく相手の袂へそれ相応の包み金を入れてやるのが慣例のようになってしまっている。

大久保源太はその悪弊《あくへい》を嫌って身銭を切って自分のために働いてくれる岡っ引の労をねぎらってやる。面白いもので、そうした大久保源太の気《き》っ風《ぷ》に惚れて、この旦那のためなら命がけでも働こうといった者達が常に集っていて、新八郎は大久保源太と親しくなるとそれらの人々とも身分を越えて昵懇になった。

その一人が湯島の勘兵衛であり、もう一人が駒込の藤助なのであった。

殊《こと》に藤助は今までにも何度か新八郎の御用旅の供をして、当人は「隼の旦那の一の子分」の気でいる。

そのあたりをよく承知している大久保源太が今度の旅のお供をと藤助に声をかけ、藤助が勇《いさ》んでやって来たのだと、新八郎にはよくわかる。で、正直に嬉しさを顔に出したのだが、内心、不安でもあった。

今までの旅でもさまざまの困難や危険に遭遇しているが、今度はそれ以上に危なっかしい予感があった。自分はともかく、藤助を巻き込みたくない。

しかし、藤助の張り切り方をみては、ついて来るなといっても無駄と承知していた。

「毎度のことだが今度の旅は鬼が出るか蛇《じゃ》が出るか……」

といいかけると、

「旦那の御言葉ですが、鬼が怖くて節分の豆まきはやれませんや。おまけに板橋《いたばし》界隈はどこの家でも天井裏や床下に蛇がとぐろを巻いていて女子供がきゃあきゃあ騒ぐんで、年中、蛇どころか蝮《まむし》退治に狩り出されています。今更、驚きは致しません。どうかお供をさせて下さいまし」

新八郎に頭を下げる。

「お聞きの通りです。実をいうと手前も藤助に行ってもらったほうが、なにかと安心ですので……」

「なんだと……」

「女ですよ。お奉行もおっしゃっていましたよ。新八さんは女にもてすぎるから、旅に出すのは心配だと……」

「何をいってやがる」

「お鯉さんからことづかって来ました。内身《なかみ》は薬のようです」

一応、新八郎に見せてから、藤助に渡し、藤助は押し頂くようにして荷物の中へしまった。

二

空は暁闇から朝に変るところであった。

行く道は霜でまっ白になっている。

これから向う奥州街道はどのあたりから雪道になるのか。

革足袋《かわたび》に草鞋《わらじ》の足をふみしめて新八郎が歩き出し、藤助が続いた。

風はないが、夜明けの寒気が肌に突き刺さるような江戸の町はまだ人通りもなく、真新しい霜の道を新八郎と藤助は北へ旅立って行った。

三

旅の第一日目の宿を、隼《はやぶさ》新八郎《しんぱちろう》は古利根川《ふるとねがわ》の手前、粕壁《かすかべ》の本陣、高砂屋彦右衛門《たかさごやひこえもん》方へ草鞋を脱いだ。

これは、あらかじめ江戸を発《た》つ時、主君、根岸肥前守《ねぎしひぜんのかみ》の指示であった。

江戸から八里余り、日の短かい季節のことで、部屋に落付いた時にはすでに夜になっていた。

「どうも初日から飛ばしすぎたな。藤助《とうすけ》はさぞくたびれたろう」

と新八郎はいたわったが、

「御冗談を……まだ、そんな年齢《とし》じゃございませんよ」

これから夜旅をかけるとおっしゃられても、びくとも致しません、と藤助は笑っている。

本陣である宿は、すいていた。

三

参勤交替の時期でもなく、季節からいっても旅人は少い。

六畳のふた間《ま》続きの部屋に通されて、一方の部屋には立派な床の間に山水画の掛けものがあり、脇の違い棚には上等の塗り箱などがおいてある。

「こいつは殿様がお使いなさる部屋じゃございませんかね」

と藤助はいったが、女中の話だともっと広い部屋がいくつもあるという。

「もう少し暖かくなると日光へ参詣に行きなさる御方が増えるが、今月中はまだまだ、むこうは雪も深いし、旅には難儀ですよ」

膳を運び、熱燗《あつかん》でと頼んだ酒を一杯ずつ、お愛想に酌をして出て行った。新八郎が今年一番の初旅の初宿だからと、余分の祝儀を渡し、あとは男同士で勝手にやるからといった故である。

で、四、五本まとめて持って来させた徳利を部屋の火鉢の上にかけてある鉄瓶の中へ一本ずつ入れて温めながら、主従がさしつさされつして飲む。

そこで、新八郎は今度の旅立ちのおおよそを話した。藤助は神妙に一つ一つうなずきながら聞いていたが、一通り、話し終えた新八郎に軽く首をかしげた。

「そうしますてえと、旦那の御役目はその秘帳って奴を持って逃げた原田《はらだ》家の奥様を追いかけて、取り戻すってことで……」

新八郎が目許をゆるませた。

「表向きはそうだ」

藤助が嬉しそうに合点した。

「そうでございましょうとも……」

新八郎が立ち上って廊下側の障子を開け、左右を見渡した。

新八郎主従の他に泊り客もない本陣の廊下は冷え冷えとして、ところどころに掛けてある行《あん》燈《どん》の光がほんのりと周囲を照らしている。

無論、人影はない。

障子を閉め、念のため、隣の部屋も改めてから、新八郎は藤助を招き、その耳へ顔を寄せた。

「お上の者が、すでに四人、消えた」

「…………」

「消えた先は、赤い花の咲く国だ」

藤助が息を呑《の》んだ。

「花の国からも、御府内に何人かがまぎれ込んだ。調べているのは、どうやらお上がどの程度、花の国の探め事に気づいているかどうか。内偵を終えた者の中《うち》、少くとも二人は花の国へ旅立ったらしい。俺が話せるのはそんなところだ」

音もなく新八郎が藤助から離れた。

廊下側とは逆の庭へ向いた縁側の、すでに閉っている雨戸の端の一枚を僅かばかり開ける。

小さな物音が庭から逃げて行った。

庭へとび出そうとする藤助を新八郎が制した。

「追っても無駄だ。その必要もない」

雨戸を元のように閉めて桟《さん》を下す。

「大方、江戸から俺達をつけて来た奴だろう。どっちみち、俺達の行く先々へ送り狼《おおかみ》みてえについて来るさ」

部屋へ戻って、手を鳴らして女中を呼んだ。

「飯にしてくれ。ついでに熱い茶も頼む」

心得て女中が去り、まだ、庭を気にしているような藤助へ新八郎は苦笑した。

「もういないよ。むこうさんも心得ている。江戸から笹屋《ささや》廻りで九十四里余り、上《かみ》ノ山《やま》廻りで九十二里と少々だ。花のお国は仙台《せんだい》様より遠いんだぜ」

翌朝、朝餉《あさげ》の膳に向い合った時、新八郎はいつもと同じ寝足りた顔であったが、藤助は少しばかり赤い目をしていた。で、新八郎が、

「気にするなよ、今から気にしていては身が保《も》たねえぞ」

といい、藤助はぼんのくぼに手をやりながら、

「なあに、昨夜、寝しなに飲んだ茶が上等すぎたんで……」

こうみえても、旦那の一の子分のつもりでござんすから、と胸を張った。

旅は晴天に恵まれたが、寒気は北へ行くほど強くなる。

それでも北国の旅の良さは、そこに住む人々が人情に厚いことで、宿では必ずがんがんと熾《おこ》した炭火をたっぷり火鉢に入れ、湯茶は勿論、飯も汁も熱々を運んで来てくれる。

二日目の宿は古河《こが》の宿場で、江戸からは十六里、土井大炊頭《どいおおいのかみ》十六万石の城下町であった。

古河を越えると間もなく葛飾郡《かつしか》から都賀郡《つが》に入る。そのあたりから街道は雪になった。

そして、江戸はその日、霙《みぞれ》まじりの冷たい雨が降っていた。

定廻り同心の大久保源太《おおくぼげんた》が小者一人を供にして町廻りに出たのはいつものことで、この節、要領のよい古顔の同心などは町廻りは形ばかり、大方が昵懇の店へ立ち寄って世間話のあげく酒肴のもてなしを受けたり、甚《はなはだ》しいのは然るべき料理屋へ案内されて身分不相応な饗応《きょうおう》で時を過す者もあるというのに、彼ばかりは厳重な雨支度で定めの通りに町々の番屋へ声をかけて行く。

三

「何事もないか」

と呼ばれて出迎える番人の中にはこの寒空に御苦労様なと小馬鹿にしながら形ばかりは神妙に頭を下げる者も少くないが、大久保源太の人柄に敬愛の念を持っていて、あらかじめ熱い茶の準備をし、余分の手拭《てぬぐい》を何枚も用意して、

「御苦労様でございます。せめて一服してお出で下さいまし」

と挨拶してみるが、

「気を使わせてすまない、先を急ぐので……」

雨に濡れた顔をほころばせて礼をいい、足を止めることもなく行ってしまう。

以前、それに気づいた新八郎が、

「大久保も野暮だな。折角の心尽しだ。茶の一杯ぐらい飲んだとて罰は当るまい」

といったところ、

「手前もそう思うのですが、茶を飲むと、むこうは次に茶菓子でもと考えます。茶菓子がだんだん上等になり、行き着く所は酒になりかねません」

徒《いたず》らに相手に気を使わせるだけですので、と答えられて、成程と合点したものである。

その大久保源太が今日の町廻りの順路に従って築地《つきじ》の番屋へ近づくと、待っていたように松《まつ》之助《のすけ》がとび出して来た。

松之助というのは、大久保源太が手札を与えている御用聞きの一人で本業は「松之湯《まつのゆ》」とい

う湯屋の亭主であった。どちらかといえば温厚な人柄で面倒見が良い。江戸の湯屋というのは男湯の二階に広い部屋があって湯茶の他にちょっとした茶請けの菓子などもおいてある。本来は湯上りの汗が引くまで一休みして行く場所だが、湯屋の常連はその界隈に住む人々なので大方が顔見知り、自然にその日その日の出来事や世間話に花が咲く。

番台に座っている湯屋の者には格別、耳をすましていなくとも聞えて来るし、時にはお上の御用にかかわりのありそうな話が出てくる場合も少くないので、湯屋の主人で心きいた者に定廻り同心が手札を与えて情報網として使ったりもする。

築地の「松之湯」の主人、松之助もその一人であった。

で、大久保源太は番屋の番人を外へ出し、松之助と向い合った。

「旦那のお耳には、向島の一件は入って居りやしょうか」

低声《こごえ》で訊かれて大久保源太が脳裡《のうり》に浮べたのは、今、山形藩主に仕えている原田家に代々、伝えられて来た紅花作りから染色などの一切が書かれている秘帳が松倉屋《まつくらや》から嫁に入った幸江《ゆきえ》という女によって盗み出され、それを追って盟友、隼新八郎が北へ旅立っている事実であり、そもそも、この一件の発端《ほったん》が松倉屋にあるのではないかと、彼自身も考えていた故である。

で、松之助が向島といったとたんに、

「松倉屋の別宅に、何かあったのか」

三

と問い返した。

「人が死んでいるって知らせが……」

それだけ聞いて大久保源太が走り出し、松之助と、源太の供をしていた小者が後に続いた。

松倉屋の別宅は深閑としていた。

家の前に、松之助が張り番に残して来たという老人が心細そうに突っ立っている。

「この近所の植木屋の親父で六造《ろくぞう》と申す者でございます」

松之助が素早く大久保源太にひき合せ、六造に、

「誰も家の中には入れなかっただろうな」

と念を押した。

「へえ」

と合点して、六造はあたりを見廻すようにした。

「なにしろ、ここらあたりはあんまり人が参《め》えりません」

周囲は冬枯れの林と空地であった。

人家は遠くに点々と散らばった恰好《かっこう》で建っているが、人影はない。

松倉屋の別宅は茶室風の造りで、建坪は五、六十坪、それを取り巻く敷地が百坪足らず、周囲は形ばかり竹垣があるが、子供でもよじのぼれる高さで、家の玄関前の部分はすっぽり空い

ている。

「まあ、金目《かねめ》のものは置いてねえようで、客でも呼ぶ時には、入用のものを一々、運んで来るって案配でござんしょう」

ここらに建っている金持の別宅はみんな、そういうふうだと六造はいった。

松之助が玄関の格子戸に手をかけると、すみやかに開いた。内側に鍵はかかっていない。

「ここも、こうだったのか」

松之助が訊き、六造は、

「声をかけても返事がねぇんで、なんとなく戸に手をかけたら、開いてましたんで、びっくりしました」

で、おそるおそる家の中を覗《のぞ》いて人がひっくり返っているのが薄暗いところに見えた。

「てっきり、卒中でも起したのかと上って行ったら……」

その時を思い出したらしく、六造ががたがたと慄《ふる》え出し、大久保源太は松之助に命じてこの家の雨戸をすべて開け放させた。

更に、六造に台所を探させ、みつけ出した蠟燭《ろうそく》や行燈に、すべて火を点《とも》した。

雨は小止みになっていたが、家の中は暗い。

そのために灯をつけたのだが、そのあかりで丹念に見て廻ると居間に二人、男女の死体がこ

三

ろがっていた。

男は三十がらみ、女は四十を過ぎているかに見える。どちらも急所を鋭い刃物で突かれて絶命していた。

二つの遺体は番屋へ運ばれ、大久保源太が懇意にしている町医者が検屍《けんし》をした。

その一方で、松倉屋にも使が走って手代の半次郎《はんじろう》というのが連れて来られたが、遺体の顔には全く見憶えがないといった。

「手前どもでは、向島の別宅に人が住んでいたのも知らなかったのでございます。まして、家の中で人が死んでいるなんて……」

主人と番頭が共に行方知れずになって以来、商売はともかく、町内のつきあいも出来ない有様なのに、別宅で見ず知らずの死体が発見され、この先、どうしてよいやら、悪夢でもみているようだと涙声で訴えた。

大久保源太はそれでも根気よく店の一人一人を番屋へ呼んで話を聞いたが、事件にかかわり合いのあるようなことは何も出て来ない。

明らかになったのは、資産家として知られていた松倉屋の内情がひどく苦しくなっている事実で、その理由にしても、

「旦那様と番頭さんが何もかもやってお出でで、手前は十日ごとに売り上げの帳面をお目にか

けるだけなので……」

商売物の仕入れの一切は、主人と番頭の他は誰も知らされていないので、いつから店が傾き出していたのか、見当もつかないと言い張った。

「松倉屋には、どうも何かがあるのだよ。調べているこっちが尻尾《しっぽ》を摑《つか》めないだけなんだ」

町廻りで近くまで来たので、と珍らしく湯島の勘兵衛《かんべえ》の家へ立ち寄った大久保源太がいささかくたびれた顔でいい、香ばしい茶に団子を添えて運んで来た小《こ》かんが首をすくめた。

「いけませんよ、大久保の旦那ともあろうお人が、そんな弱音を吐いちまったら、松之助さん達はどうしようもないじゃありませんか」

掌《たなごころ》に筒茶碗を包み込むようにして大久保源太が目を落した。

「つくづく思うのだな。こんな時、新八さんがいてくれたらとね、我ながら情ないが……」

松倉屋の主人と番頭が急用が出来たと称して店の者に行く先も告げず旅立ったのも、その松倉屋の別宅で男女二人の死体がみつかり、松倉屋の留守をあずかる手代が、その顔を知らないというのも、必ず一つ線の上でつながっていると大久保源太は思うのだが、証拠は何もない。

「松倉屋は店を閉めかねない有様だし、奉公人はなんとか新しい奉公先をみつけようと血眼《ちまなこ》になっている」

三

今回の一件の糸口になっている松倉屋が消えてしまっては、今までたぐっていた糸はすべて、そこで断たれて終りだと彼が嘆息した時、勘兵衛の眼が光った。

「隠居の手前がよけいな口出しをするようでございますが、松倉屋の別宅でみつかった男女の死体の身許について松倉屋の奉公人は一人として心当りがないんでございましょうか。本当になんにも知らないのか……」

小かんもいった。

「別宅にあった死体のことですけど、持ちものや着ているものについてはお上がお調べになったんでございますね」

「無論だ。俺も松之助と一緒に改めたのだから……持ち物はなんにもなかったんだ。財布どころか、煙草入れも手拭も、女は髪飾りまで櫛《くし》一つなかったので、盗みが目的の殺しという声さえ上ったくらいだ」

着ていたのは、どちらも木綿物で男は安物の紺《こん》がすり、女は濃淡の縞《しま》、下着は男が灰色、女が、といいかけて口ごもった。

「小かんに聞くが、女の場合、どうなんだ」

くすっと笑って小かんが応じた。

「いけませんよ、旦那、おとぼけになっちゃあ……」

それでも小かんは困惑しているような大久保源太の表情をみて、すらすらと答えた。

「一番下につけるのは白木綿の身頃に袖の部分だけ紅絹《もみ》を使ったりしますけど……」

「身頃は白か」

「ええ、端布《はぎれ》を継ぎ合せたりもしますが」

「黄色というのは珍らしいのか」

「黄色ですか」

「そうだ。身頃も袖も木綿の黄色だ。それもあまりきれいな色ではない。枯れかかった葉のような……」

「黄ばんだ葉の色ですか」

あんまり、そういうのって見ませんけど、といいかけて、ああっと声を出した。

「伊之《いの》さんの所にありましたっけ」

勘兵衛が体を乗り出した。

「伊之さんというと、神田《かんだ》の伊之吉《いのきち》か」

「そうですよ。染物屋の伊之さん。干し場にずらりとかけてあったのが、あんまり変な色なんで、こんな寝惚《ねぼ》けた色に染めて、なんに使うのって訊いたら、下着にすると温かいんだって……」

三

大久保源太が立ち上った。

「小かん、俺を、その染屋へ連れて行ってくれ」

一刻ばかり後、大久保源太と小かんは神田、豊島《としま》町の染物屋伊之吉の家の裏庭に立っていた。

神田川に沿って柳の木が植えられている所から柳原《やなぎわら》通りと呼ばれ、陽気のよい季節には道端に出店が並ぶが、寒風吹きすさぶ今時分は通行人も滅多にない。

伊之吉は小かんの求めに応じて干し場のすみに綱を張って干してある布地を大久保源太に示した。

「小かん姐さんのおっしゃるのは、これのことだと思いますが……」

近づいて布地を手に取り、陽に透かすようにして眺めた大久保源太が躍り上りそうになる気持をおさえて合点した。

「そうだ。これに間違いないが、いったい、こんな色に染めた布は本来、何に用いるのだ」

「下着でございますね」

というのが、伊之吉の返事であった。

「別に何に使ってもかまいませんが……」

「わざわざ、こんな色に染めてか」

嚙みつきそうな大久保源太の表情を眺めて伊之吉は困ったように弁解した。

「これはまあ、染め残りを使うんで……」

「染め残りだと……」

「旦那は紅花染めというのを御存じじゃございませんか」

小かんが即座に答えた。

「紅花っていうのから採れる染料で染めるんでしょう。そりゃあきれいな濃い紅色に染まるって聞いたことがありますよ」

伊之吉が眼を細くした。

「おっしゃる通りで、紅花ってのは蜜柑《みかん》みてえな色をした小さな花だが、そいつをすりつぶして布に染めるのは随分、昔からやっていたそうで。ですが、いきなり深紅には染まりません。何度も何度も繰り返してだんだんに濃い紅にするんだが、それでも色が褪《あ》せやすいんで、染め屋泣かせなんていう奴もいます」

大久保源太が話を遮った。

「その紅花と申すのは、このあたりでも採れるのか」

「北の国で咲く花でございますよ。そんじょそこいらに咲いているものじゃありませんそうでして……」

「北とは奥羽か」

三

「山形の殿様が、この花をお国の外へ出さないよう、御禁令ってのを定めていなさるとかで、わしらは本物を見たことがねえ。問屋から卸《おろ》してもらうのは、干したもんだよ」

「それは、今、ここにあるのか」

日頃のおっとりした彼らしくもなく、性急に問い続ける定廻り同心に、伊之吉は慌てて首を振った。

「あるわけはねえです。花が咲くのが、山形で四月とか五月とか、そいつを摘んで干して江戸の問屋へ入って来るのが、まあ、早くて秋口でございましょう」

問屋へ行けばいつでも買えそうなものだが、

「数が少いようで……値も安くはございません」

勿体ないので、紅色に重ね染めを繰り返した残りの染料で布を染めたのが、そこに張り出してある布地だといった。

「汚ねえ色だが、下着にすると着ていて温かいと、けっこう喜ばれるんだそうです」

寒い国に住む者には重宝されている。といっても若い者はやはり敬遠して、年寄や子供にもっぱら愛用されているらしいと伊之吉に教えられて、大久保源太は丁寧に礼をいい、少々の銭を小かんに渡して、何か伊之吉の好きなものを買ってやってくれと頼み、大急ぎで御番所へ帰った。

一度、御用部屋へ戻り、それとなくあたりを見廻してから、さも用ありげに大廊下へ出て行くと、すぐに大竹金吾《おおたけきんご》がやって来た。

「もしかすると、隼どのの役に立つかも知れぬのだ」

手短かに松之助と染屋を訪ねた旨を話すと、大竹金吾がうなずいた。

「御奉行には、隼どのの行く先の本陣や宿屋を御指定になっているのです」

旅先の新八郎との連絡はそこでつけられるようになっているというのは、大久保源太も知っている。

「早速、御奉行に御報告申します」

新八郎が旅に出ていると御奉行の御機嫌がよろしくないのだと大竹金吾は困ったようにささやいた。

「つまりは、それだけ案じて居られるのであろう」

「御奉行にとって、隼どのは我が子も同然ですからね」

御用部屋のほうから人が出て来るのを見て、大久保源太が去り、大竹金吾はさりげなく根岸肥前守の居室へ入って行った。

肥前守は用人の一人、高木良右衛門《たかぎりょうえもん》のさし出した書類をめくっていたが、大竹金吾をみると手を叩いてお鯉《こい》を呼び、茶を御所望になった。

三

で、用人は御奉行が一服されると承知して残りの書類をまとめて下って行く。それを見送ってから、

「大久保の地獄耳が、なんぞ探り当てて来たようか」

近う寄れと手招きされる。

けれども、大竹金吾が話し終えた時、肥前守の表情はそれまで以上に暗く重いものに変っていた。

「やはり、新八が申していた通りにことが動き出して居るようじゃな」

低く呟いた肥前守を仰いで大竹金吾は思わず膝を進めた。

「恐れながら、手前の存念を申し上げることをお許し下さいますか」

ちょうどお鯉が茶を運んで来て、肥前守はそれを眺め、お鯉にいった。

「ちと、大竹に話がある。誰もこの部屋へ参らぬよう。其方《そのほう》も下れ」

僅かに顔を上げ、肥前守がうなずくのを見ると、お鯉は深くお辞儀をして部屋から去った。

あとは、肥前守と大竹金吾の二人きりとなる。

「大竹は紅花について、どれほど承知して居るか」

低く問われて平伏した形から少しばかり上体を起した。

「伝えによりますれば、古く、唐国《から》より伝来したものにて、女子の化粧の紅、また、さまざま

の染料の紅になったと聞いて居ります。我が国にて一番の産地は羽州最上《もがみ》地方、最上川の朝靄《もや》、朝露が良き紅花の生育に役立つとか。羽州街道の天童《てんどう》宿には紅花市がたち、紅花を買い集める商人の中には紅花大尽と呼ばれるほどの大金持が続出したと申します……ただ、近年は山形藩において専売の動きもあるようで、これは、もっぱら西のほうから聞えている噂にはございますが……」

肥前守がうなずかれた。

「そのことよ。長年、紅花は羽州街道を大石田《おおいしだ》河岸に運ばれ、最上川の舟運によって酒田《さかた》湊《みなと》へ、酒田よりは北前船《きたまえぶね》にて下関《しものせき》を越え、瀬戸《せと》内海を廻って大坂《おおさか》へ、更には淀川《よどがわ》を京までという順路にて京の紅商人の手にて売りさばかれるほどの紅となったそうな」

無論、山形藩も承知の上であったが、

「近年、何《いず》れの藩にても、藩政の行きづまりに悩んで居る。もしも、その藩に大金を産む特産物があれば、それをみすみす商人どもの手に渡しておいてよいものかと考える忠義者も出て来よう」

時代の流れが武士の暮しに困窮をもたらしている今、藩としても智恵をしぼらずには居られないであろうと肥前守はほろ苦い口調でおっしゃった。

「加えて、彼《か》の藩はこのところ、領主の入れ替りが激しすぎる。上にある者が次々と首をすげ替えられては、領民に温情を示す暇もない。領民とてたまるまいよ」

と肥前守がいわれたのは、ここ数年、幕府によって山形藩主の交替が頻繁に行われている点であった。

もともと山形は南北朝《なんぼくちょう》の頃から斯波《しば》家の所領で、斯波氏分家の最上氏十一代義光《よしあき》が山形藩の祖となった。その義光の子、家親《いえちか》が異母兄弟に当る義親《よしちか》と家督相続をめぐって争い、幕府が介入して混乱を鎮《しず》めた。けれども内紛は収まらず、最上家は出羽《でわ》国の所領を没収され、近江大森《おうみおおもり》に移された。

その結果最上家の所領は本領である山形二十万石が鳥居忠政《とりいただまさ》、庄内鶴岡《しょうないつるおか》十四万石に酒井忠勝《さかいただかつ》、真室《まむろ》六万石に戸沢政盛《とざわまさもり》、上ノ山四万石は松平重忠《まつだいらしげただ》と四分された。

以来、山形は次々と他国から主が入部し十回の転封《てんぽう》、入部を繰り返して現在、秋元但馬守永朝《あきもとたじまのかみつねとも》の代になっている。その間に一時《いちじ》的に天領となった時期もあって、幕閣諸侯の間には機会があれば潰してしまっても、という気運がある。

実際、山形藩領に食指を動かしている近隣の大名もあって、藩主も藩士も落付かないのが事実であった。

「殿……」

大竹金吾が低い声を更にひそめていった。

「御公儀において、その筋の者を……」

肥前守が唇に指を当て、大竹金吾が絶句した。

その筋の者とは、お庭番、公儀の隠密《おんみつ》を指す。つまり、山形藩の内情を調べに然るべき者が放たれたという意味であった。

「花の国から、草っ葉が参っている以上、お上においても然るべき手を考えられようが……」

「御奉行には、それを見越して隼どのをおつかわしになったのですか」

小声ながら、大竹金吾の語調には批難とも悲痛とも聞える響きがあって肥前守の視線が落ちた。同時に大竹金吾も自分の言葉の重さに気がついた。

「申しわけございません。言ってはならぬことでした。お許し下さい。なにとぞ、お許しを……」

ひれ伏している大竹金吾へ肥前守は、

「よい。其方の気持は分って居る。とがめはせぬ。下って居れ」

穏やかな、平素のままの声であった。

よろめくように大竹金吾が出て行き、その先の大廊下に突立っていた大久保源太が走り寄った。

三

何もいわず、おたがいが向い合ったまま、しんと動かない。

お鯉が見たのは、そんな二人の異様な姿であった。

新八郎は宇都宮《うつのみや》の先、白沢《しらさわ》の宿場で足止めされていた。

このところの大雨で鬼怒川《きぬがわ》の舟渡しが出来ないためである。

「どうも、この季節の雨は厄介でございますね」

清水屋《しみずや》という宿の庭に向った部屋から、藤助がしきりに外を覗いて嘆息していたが新八郎は江戸から持って来た心憶えの帳面を開いて丹念に読んでいた。

その中には奉行所に常備されている各藩の資料から抜き出した山形藩についての詳細が書いてある。

江戸を出る時、ざっと目を通して来たが、改めてじっくり読んでみるとこれはこれはと思うところが少くない。

山形は、明和《めいわ》元年（一七六四）六月に藩主、松平乗佑《のりすけ》が大坂城代に任命されて領地を三河西尾《みかわにしお》に移されてからは天領となって、代官として前沢藤十郎《まえさわとうじゅうろう》が赴任したが、この人物は城内の本丸だけを残し、他の建物をすべて打ちこわした上、樹木を伐《き》って薪《まき》として売り払うなどの乱暴な振舞が多く、領民からひどく嫌われ、四年そこそこで転任して行った時、領内のあちこちで領民達が、ひそやかに酒を飲み、喝采《かっさい》の声が上ったといわれている。

三

その後に入ったのが武蔵《むさし》国川越《かわごえ》六万石の秋元凉朝《すけとも》で、今の藩主は二代目に当る。代官にさんざん痛めつけられ苛酷《かこく》な納税を強いられていた領民は秋元家が藩主となって一安心しているのだろうか、それとも、未だに支配者に対し、心を閉《とざ》したままなのか、新八郎は暫く考えていた。

江戸で、主人と番頭が突然、姿をくらました松倉屋は山形出身で山形の物産を商っていた。

また、家に伝わる紅花に関する秘密の書きものを盗んで逃亡したという幸江は松倉屋の先代の主人、庄左衛門《しょうざえもん》の妹であり、山形藩士、原田求女《もとめ》の妻になっている。

更にいえば、新八郎と昵懇にしている旗本、落合清四郎《おちあいせいしろう》を通じて、紅花の秘帳を取り戻してくれとすがって来たのは原田家の一人娘みづきであった。

新八郎の心の中に深い闇が浮んでいた。

帳面を閉じ、新八郎はその闇の中に蠢《うごめ》くものの姿をみつめようとした。

四

大雨によって増水したために川渡しが禁止されて、白沢の宿場で足止めされていた新八郎《しんぱちろう》は三日目の朝、漸《ようや》く藤助《とうすけ》と共に一番最初の舟で対岸の阿久津《あくつ》へ渡り、その日の中《うち》に喜連川《きつれがわ》宿へ着いた。

なにしろ、日の短かい季節ではあり、東海道や中山道《なかせんどう》と比べて道も悪く、宿も少い。

「そういっちゃあなんでございますが、北のほうから江戸へお上りなさるお大名方は大変でございますね。年によっちゃあ、街道に雪が残っていたり、下手をすると雪や霙の中の御道中になりかねませんでしょうから……」

あたりに人影もないのを幸いに、藤助が忌憚《きたん》のない意見を述べ、新八郎は苦笑した。

たしかに、江戸から諸方へ向けて伸びる街道の中、奥州街道は道の整備や宿泊など旅人の便宜をはかるという点では遅れを取っている。

一つには冬の季節が他の土地にくらべて長いせいもあるのだろうと思う。加えて豪雪地帯であった。連日のように降り積る雪を取り除き、旅人が容易に街道を往来出来るよう整備するには、どれほどの労力が必要か、それに伴う費用も馬鹿にはなるまい。

東北の諸藩の中で最も大きな勢力を持っていたのは、仙台に本拠をおいて自ら「奥州王」と称した伊達政宗《だてまさむね》で、或る時期は周辺諸藩をその支配下においたが、代を重ねるにつれて一門の中に内紛が重なったり、藩主が暗君の故に不祥事が出たりして、もはや昔日《せきじつ》の面影は失《う》せている。

その他の諸藩も禄高は十万石以上あっても凶作、不作が相継いだりで、藩が徴収する税の重さに耐えかねて逃散《ちょうさん》する百姓が続出するなど、為政者の不明が幕府の耳にまで入って、江戸家老が釈明に呼び出されたりもしていた。

山形藩にしても例外ではなく、現在の領主、秋元永朝《あきもとつねとも》の父、凉朝《すけとも》が武蔵川越六万石から移封されて入るまでは天領とされ、代官が支配した時期もあって、現在も川越に五千石、河内《かわち》に二万石、山形に三万五千石といったように領地が分散している。

そうした山形の事情を、新八郎は主君、根岸肥前守《ねぎしひぜんのかみ》から旅先の粕壁宿本陣へ送られて来た書状によって改めて確認した。

四

江戸町奉行の内与力として日頃から諸大名家の内情についてはいては機会をみつけて頭の中に叩き

込んでおくよう心がけてはいたものの、それには限度がある。

ましで大名家の秘事にわたることなどは隠密を放って調べさせでもしない限り、外には洩《も》れないのが常識でもあった。

喜連川宿の町並みは今までにくらべて賑やかであった。

本陣や問屋場《といやば》もあるし、旅籠《はたご》の数も十軒近くありそうであった。

ここでは本陣を避けて新八郎は山形屋という宿へ草鞋を脱いだ。

山形と同じ名を屋号に用いているからには山形にゆかりのある者が営業しているのではないかと思ったからだが、部屋へ案内した女中の話によると、先代の主人が天童の出身だという。

そう答えた女中も天童の生まれで、同郷の者がここで働いている縁で昨年から奉公しているが、ここの奉公人全部が同郷の者というわけではなく、男女合せて六人ばかりは近在から来た者達のようであった。

「お客さんは、どちらまで行きなさる」

と問われて、新八郎は、

「平泉《ひらいずみ》の近くだよ。昔、恩を受けた人が年をとって、この冬、大病をした。幸い、病気のほうは回復に向っているらしいが、俺に会いたがっていると知らせが来たので、御主人から見舞に行けとお許しが出て旅立って来たのだ」

と、とりあえずの返事をした。女中のほうは純朴で、

「そりゃあ気の毒な。北へ行くほど雪は深いでねぇ。吹雪にでも遭ったらえらいことだ。気をつけて行きなせえまし」

これから先はろくな茶店もないし、あっても店を閉めているのが多い。午飯《ひるめし》は弁当を用意しておくので、それを着物の下にくくりつけて行くように。うっかり背中にしょったりすると、がちがちに凍って食べられなくなるからなぞと注意をしてくれた。

「成程、雪国には雪国の智恵があるものだな」

女中が去ってから新八郎が感心し、藤助がうなずいた。

「そういやあ、以前、山へ狩りに入る猟師から似たような話を聞いた憶えがございますよ。雪山じゃ弁当が凍って食えなくなることがあるんで、必ず自分の肌身に包みごと巻きつけて行くんだそうで、あんまりぴんときませんでしたが、今の女中さんの話を聞くと合点が行きますさあ」

けれども、翌日はこの旅に出て最高の上天気であった。

「お江戸じゃ梅が咲き出しているかも知れませんね」

歩き出してから藤助がいい、新八郎は奉行所の奥にある根岸肥前守の役宅の庭を思い浮べた。

四

まだ若木だが、紅梅白梅が植えられている。

そういえば、肥前守の身の廻りの御世話をしているお鯉《こい》が朝餉の膳を運んで来て、

「今日は白梅が三輪、ほころびました」

なぞと嬉しそうに申し上げている光景を、もう何度となく見て来た。

新八郎が江戸を出発した時、梅の蕾《つぼみ》はまだ固かった。あれが花開いている中に、果して役目をすませて帰ることが出来るだろうかと考えている自分を新八郎は内心で叱咤した。

今まで何度も御用旅に出かけているが、今度ほど雲を摑むような探索を仰せつかった例《ためし》はない。

表向きは原田《はらだ》家が盗まれた紅花染め秘帳という門外不出の書を取り戻すことだが、それを持って逃亡した原田家の妻女の行方が白河らしいというのも確証のある話ではないし、彼女の兄に当る松倉屋庄左衛門《まつくらやしょうざえもん》の悴、聖之助《せいのすけ》が番頭の伊左衛門《いざえもん》を伴って旅に出た行先に関して松倉屋の店の者は何も聞いていないと口を揃えている。こちらも強いて手がかりらしいものを上げれば、松倉屋の先代が山形の出身で、商売にしているのは山形の物産が主だといった程度の話であった。

「まずは白河へ参って原田家の妻女、幸江《ゆきえ》とやらの実家を当ってみよ。城下では屈指の豪商で釜津田屋《かまつだや》と申すとか原田家の娘が申して居るそうじゃ。但し、おそらくはそこでは埒があくま

い。この度の事件の真相を解く鍵は松倉屋にあると思うが、そうとなれば火種は山形藩と心得よ」

はっと顔を上げた新八郎に肥前守は一層、声を低くなさった。

「白河での首尾に新八が納得出来ずとも、そのまま、江戸へ戻れ。白河の先には目を向けるな」

それきり肥前守は口を閉ざされ、いくつかの新八郎の問いかけに対しては、すべて、

「無用にせよ」

としか、おっしゃらなかった。

父の代から主君と仰ぎ、師父のように敬愛の念を持っている肥前守が御用で旅立つ新八郎に対して、これほど一方的な命令を下されたのは今回が初めてで、それが逆に新八郎をして容易ならぬ事件と直感させた。

同時に、これは肥前守の一存ではどうにもならぬこと、つまり、幕閣の要人であり、当今、英明の誉《ほまれ》高い老中の一人、松平伊豆守信明《まつだいらいずのかみのぶあきら》の内命によるのではないかと推量した。

無論、それは新八郎の勝手な判断であり、同行している藤助にも話せはしない。

ただ、これまでの新八郎の経験からすると火種を残したまま火事を消したように取り繕えば、とりかえしのつかない大火災になるのが常であった。

四

ともあれ、そうした新八郎の心中とは別に晴天に恵まれた旅は思いの外にはかどって夕暮時に鍋掛《なべかけ》宿に入った。

奥州街道の難所の一つといわれた那珂川《なかがわ》をひかえての宿場ではあるが、宿はみな小ぢんまりとして鄙《ひな》びた感じが強い。

どの宿がよかろうかと、新八郎と藤助が足を止めて眺めていると、やはりすぐ近くに若い男女の旅人が同じようにたたずんで宿場を眺めている。そこへ、これも見るからに旅人といった風体《ふうてい》の男が誰やらとはぐれた様子で諸方を見廻しながら歩いて来て何かにつまずいたのか、二人連れの若い男のほうによろめいてぶつかった。

若い男がとびのいて、ぶつかったほうは慌てて頭を下げながら行きすぎるのに、

「待て」

と新八郎が声をかけた。聞えない素振《そぶり》で歩き出そうとする前にすかさず藤助が立ちふさがる。男が藤助を突きとばそうとし、躱《かわ》されると背を向けて逃げようとする右の肩を新八郎がぐいと摑んだ。

男が悲鳴を上げ、懐中に入れた右手がだらりと下った。

あっけに取られてみつめていた若い男女の中、男にぶつかられたほうが叫んだ。

「それは、わたしの……」

新八郎が手をのばして紙入れを取った。

「その通り。たった今、こいつが貴公の懐中から掏《す》り取ったものだ」

とたんに掏摸《すり》が逃げた。

追おうとした藤助を新八郎が制した。

「放っておけ、あいつ逃げ足は滅法早い。勝手のわからぬ土地で見失うのが関の山だ」

客引きの男が近づいた。

「とんだことで……お怪我はございませんか」

新八郎が笑った。

「この辺に骨継ぎの医者はいるか」

「へっ」

「あいつ、早いとこ骨継ぎの医者に行かないと肩の骨がはずれっぱなしだ。痛みで今夜は眠れまい」

客引きの男が困ったように答えた。

「それでしたら、御心配には及びません。あいつの親父は按摩《あんま》でございますが、骨継ぎも旨《うま》いと申しますから……」

四

お泊りでございましたら手前共へ、と商売気を思い出したように誘われて、なんとなく新八郎と藤助が後へ続くと、茫然としていたような若い男女がごく自然について来る。

宿は悪くなかった。

草鞋を脱ぎ、足を洗って上りかまちへ上りかけた新八郎に、慌てたように女のほうが土間へ膝を突いて頭を下げた。

「御礼を申し上げるのが遅れました。只今《ただいま》はお助け頂きまして有難う存じました。おかげさまで何事もなく済みました」

「姉上……」

若い男が前に出た。

「お恥かしいところをお目にかけ、面目次第もございません。手前は岡本定太郎《おかもとさだたろう》、これなるは手前の姉にて喜久《きく》と申します。何卒《なにとぞ》、お見知りおき下さい」

一生懸命な声に稚《わか》さがあって、新八郎は微笑した。

「隼《はやぶさ》新八郎と申す者です。これは藤助、手前の古くからの友人です」

藤助がとび上りそうになった。

「とんでもねえことで……。あっしは子分、いえ、その、お供の者でございます」

一座の空気がほぐれ、途方に暮れていたような女中が四人を案内した。

通されたのはこの宿では奥まった所にあり、どちらも庭に面して隣合せに並んだ部屋であった。

「もう一息で白河だな」

明日、那珂川を渡れば越堀《こえぼり》宿で、今、新八郎が泊っている鍋掛宿は天領だが、川向うは黒羽《くろばね》藩の支配地となる。

「どうやら川向うからの街道は坂だらけのようだ。草鞋の替えは余分に持ったほうがいいだろう」

藤助が早速、応じた。

「なんでも二十三坂あるそうで、ですが坂の上からの眺めはなかなかのものでございますとか……」

「天気だといいがな」

「大丈夫でございましょう。お星さんが大層、出て居りますから……」

「そいつは気がつかなかった」

「江戸と違って、お星さんの数が多いようで、なんといいますか、空が星だらけで……」

藤助の言葉で、新八郎は部屋を出て、庭に面した縁側へ出た。

仰ぎ見る夜空はどこまでも澄んでいて、満天の星であった。

「こいつは見事だな。天の川まで見えるぞ」

四

藤助が少し笑った。

「旦那はお忙しゅうございますから、ゆっくり空なんぞ御覧になっている暇はありますまい」

たしかに奉行所の役宅に住んでいると、のんびり星を眺めることはなかった。

せいぜい七夕《たなばた》の夜に女達が、

「あちらが彦星《ひこぼし》でしょうか」

「では、あそこに輝いているのが織り姫で……」

なぞと騒いでいるのを耳にするだけで、覗いてみようとも思わない。

そんな新八郎を肥前守が、

「どうやら新八は佐渡《さど》の星空を仰いだこともなさそうじゃな、むこうは江戸と違って夜空が青みを帯びて居る。星の輝きも一段と冴《さ》えて美しかったが……」

なぞとお鯉におっしゃっているのを憮然《ぶぜん》として聞いていたくらいのものである。

が、藤助にいわれて眺めている夜空は確かに星が多いような気がする。

その時、庭のむこうで女の声がした。

やはり、星空に感嘆している様子であったのに、

「姉上はのんきですね」

とたしなめるのが聞えた。もっとも叱るというより笑っているような優しい調子であった。

けれども、それに対する返事は低く、どこか悲痛の気配があった。

「子供の時、七夕の日、竹に願い事を書いた短冊《たんざく》をつるしたのを思い出します。今の願いは書くにも書けない。ただ、心の中に合掌《がっしょう》して大願成就を祈るのみです」

「姉上……」

弟が制し、庭に向った縁側の障子を閉める音がした。

ちょうど、女中が晩餉の膳を運んで来た。

給仕は自分達でするからというと、女中は縁側の雨戸を閉め、火鉢に炭を足してから出て行った。

それを見送ってから藤助が目で隣を指した。

「どうやら、わけありのようでございますね」

新八郎が苦笑した。

「まさか、敵討《かたきうち》の旅ではあるまいよ」

旅に出ればさまざまの事情を抱えている人に出会うものだと新八郎がいい、藤助は目を細くした。

四

「旦那のお供をして随分といろいろな人に出会いましたが、一人として同じ者は居ねえ。そのように神様、仏様がお作りなさるんでしょうが、駒込くんだりで親分風吹かせていたんじゃあ、そんなことは考えもしねえ。あっしのようなものが、いい学問をさせて頂いていると有難く思っています」

神妙な藤助に新八郎が手を振った。

「よしてくれよ。俺こそ毎度、藤助に厄介をかけ、危い思いまでさせている。今度だって何があるか、俺にもわからねえんだからな」

「旦那と一緒なら、何があっても驚きゃあ致しません。土産話が増えるだけでさあ」

ひとしきり笑い合って飯がすみ、その夜はいつもより早く布団に入った。

なにしろ、夜が更けるに従ってしんしんと冷えて来る。

翌日、那珂川は舟渡しであった。

水量は多くはないが、流れが急で水は凍《こご》えるほど冷たいので余程でないと徒歩《かち》で行く者はないらしい。

「ここらは雪解けが遅いが、その時分になると川止めになるのは珍らしくもねえ。わしが祖父《じい》さんから聞いたのでは、仙台様の行列が江戸へ向いなさる時、何日も向う岸に足止めされて宿はろくなものがねえ、人足の数は足りねえと大さわぎになったって話でごぜえますよ」

と、知り合いの法要で寺子《てらご》宿まで行くというのが話しているのを聞きながら対岸へ着く。

川岸から街道へ出ると行く手は坂道であった。これまで比較的、平坦な道が続いて来たのだが、どうやら次の芦野宿《あしの》までは延々と坂道が続くらしく道筋には宿は勿論、まともな茶店もないという。

あらかじめ聞いていたことでもあり、新八郎主従は宿を出る際、それ相応の支度をして来た。

藤助は用意して来た杖《つえ》を突き、新八郎は持ち前の健脚でずんずん進む。但し、藤助の様子をみて、いつもよりは余分に休みを取りながら登るようにしていた。

最初の坂、富士見《ふじみ》峠の頂上には馬頭観音《ばとうかんのん》を祭る石碑があり、左側面に日光山《にっこうさん》十六里、江戸四十一里、水戸《みと》二十二里、八溝山《やみぞさん》六里、右側には湯殿山《ゆどのさん》六十六里、仙台五十里、会津《あいづ》二十四里、那須湯元《なすゆもと》五里と刻まれているのを藤助に教えると、

「お江戸から四十一里でございますか。東海道でございますと奥津《おきつ》か江尻《えじり》か、あの辺りからは富士のお山が見えたような気が致しますが、ここを富士見峠と申しますからには、こちら側からも富士が見えるのかも知れません」

伸び上るようにして周囲を眺めたが、それらしい山容は見えない。

新八郎のほうは昨夜からの思案を答えが出ないまま、胸に持ち続けていた。

今のまま何事もなく歩き続ければ、明日の中に白河に着くのも可能であった。

四

江戸を出る際、松倉屋庄左衛門の妹、幸江が紅花に関する秘帳を盗んで逃亡した先は、実家

である白河に十中八九、間違いはないと聞かされている。それは、幸江が頼って行けるような場所が他にはないと松倉屋や幸江の婚家である原田家が考えているからであって、それ以外に根拠はないように聞かされている。

　新八郎が納得出来ないのは、幸江が秘帳を盗み去った理由であった。

　松倉屋は江戸で山形の物産を扱う商家であった。また、幸江が嫁いだ原田家は軽輩ながら山形藩士で代々、紅花の万事を管理する役目を承る家柄だと聞いている。

　そうした縁があるから、武士の家に商人の娘が嫁入りする話がまとまったのであろうし、おそらく、然るべき藩士を仮親にして体裁を整えたのであろうことは、この節、よくある話だから不思議ではない。

　幸江は原田求女《もとめ》の妻となり、夫婦の間に子がないのでみづきという娘を養女にしている。

　不幸にして原田求女はまだ四十代で急死したが、それでも暫くは死去を公けにせず、早急にみづきに聟を迎えて家を相続させ体裁を整えるのは下級藩士の場合、そう難しいとは思えない。第一、新八郎の聞く所では、山形藩で用人をつとめる倉持左大夫《くらもちさだゆう》という人物と原田家は昵懇にしているというので、不快な話ながら当今、金の力で大方は片付いてしまう。

　今回の事件で松倉屋の主人と番頭が江戸から姿を消したと知れてから、松倉屋の内情がかなり苦しいと暴露されたが、そんなことがなければ世間は松倉屋を豪商と信じていたし、金を融通してもらう相手にもこと欠かなかったに違いない。

とすると、幸江の失踪に続いて、松倉屋の当主の聖之助と番頭の伊左衛門が唐突に行く先を誰にもいわず旅に出て、そのまま行方知れずというのも奇怪至極であった。

あれを思い、これを考えして無意識に足を進めていた新八郎は藤助が自分を呼んでいる声に気づいて視線を向けた。

「旦那、ありゃあ富士山ではございませんか」

指す空のむこうに、確かにそれらしい姿が遠く、うっすらとみえた。

「そうだ、よく見つけたな」

藤助に並んで空の彼方に目をやった。

「そういえば、東海道からみる富士と甲州《こうしゅう》側からみるのとは、富士の形が表と裏になるのだと教えられたものだが、こちらからのは、また、別な感じだな」

「全くで……流石、日本一の御山でござんす。どこから拝んでも立派なもので……」

合掌した藤助がふと視線を下げて、新八郎に教えた。

「あそこを上って来るのは、昨日の御姉弟《ごきょうだい》じゃございませんか」

指したのは、かなり下のほうであったが、鍋掛宿で出会った岡本定太郎、喜久の姉弟のようである。

四

姉は片手に杖を、もう片方の手を弟にひっぱってもらいながら、それでも元気に坂を上っている。

「姉弟とはいいものだな」

再び歩き出しながら新八郎が一人言のように話し出した。

「俺は一人っ子で育ったから、兄弟の味を知らないんだ。まあ、女房の兄貴とは子供の頃からの親友でもあったから、兄弟同様だがね」

藤助は確か妹一人だったな、と訊かれて、

「年中、ぴいぴい吐言《こごと》ばっかりいいやがってうるさくってたまりませんや。近くに住んでいるのもよし悪《あ》しで……」

ぼんのくぼに手をやって笑っている。

「そういえば、藤助と初めて会ったのは阿波《あわ》藩のお家騒動だったたな」

新八郎が昔を思い出す顔になり、藤助もなつかしそうに合点した。

「あの頃、あっしは平泉の旦那の下で働いて居りましたんで……」

定廻りの平泉恭次郎《きょうじろう》から手札をもらって御用聞きとして働いていたのが、飛鳥山《あすかやま》での事件で新八郎と知り合い、平泉恭次郎が非業《ひごう》の死を遂げて後は、もっぱら定廻りの大久保源太《おおくぼげんた》や手付同心の大竹金吾《おおたけきんご》など新八郎の昵懇にしている人々に信用され、決して自分では口に出さないが、隼新八郎の一の子分の心算《こころづもり》でいる。

実際、新八郎のお供をして諸方への御用旅にもついて行ったたし、その実績があればこそ今度の旅のお供もかなったと思い、藤助は自分ほど果報な者はあるまいと改めて胸を熱くした。

それは新八郎にしても同様で、自分の旅に供をすれば、いつ何時《なんどき》、危険にさらされるかも知れないと藤助の身を案じる一方で、やはり、藤助がいてくれるとどこか安心している自分に気がついている。

越堀から芦野へ至る道の二十三坂もあるという難所を越えて芦野宿へ入ったのはとっぷりと暮れてからで、流石に新八郎も足が重く感じられた。

芦野宿の丁字屋《ちょうじや》というのに草鞋を脱いだ。この家の名物だと勧められた鰻料理は江戸の鰻屋よりも美味で、酒もそれぞれ一本ずつ、二人共、満腹して熟睡した。

が、朝になってみると、どことなく宿の中がさわがしい。

布団を片付けに来た女中に、藤助が訊いてみると遊行柳《ゆぎょうやなぎ》の近くで、人が殺されているらしいという。

「なんじゃやら、わからんがね。旅の女だとかいうて居る」

新八郎と藤助が思わず顔を見合せた。

四

外はどんよりと曇って、雪がちらちら舞い落ちている。

五

遊行柳というのは、一遍《いっぺん》上人が教化遍歴の旅の途中、この地を通りかかった際、それまで使い古して来た柳の杖を地に挿《さ》したところ、根が付き、芽吹いたという伝説の場所で、今もその子孫かどうかは分らないが、さも、それらしい柳が長く枝を垂れ、雪まじりの雨に濡れている。

新八郎《しんぱちろう》も藤助《とうすけ》もおよそ風雅とは縁のない日常なので、宿を出る時、教えられた柳のあたりへちらと目をやっただけで、さっさと街道を行く。

やがて、雨が上り、薄陽《うすび》が射して来た。

田畑の間の狭い道を、五、六人が土地なまりの強い言葉で喚《わめ》き合いながらやって来た。どうやら、宿で聞いた、遊行柳の近くで殺されていた女のことらしいと思い、新八郎が足を止めると、そこは以心伝心で、藤助が彼らに近づいてしきりに話を聞いている。戻って来て、

「身なりから申しますと江戸から来たんじゃねえかと連中はいって居りますが、年恰好なんぞは顔が滅茶苦茶に潰されているので見当がつかねえとか」

眉をひそめて報告した。

「顔を潰されているだと……」

「へえ」

「行ってみよう」

新八郎が畦道《あぜみち》を男達がやって来た方角へ歩き出し、藤助が続いた。

そこはちょっとした広場で杉木立の中に小さな御堂があり、後側は墓地のようであった。

今まで、近くの畑で働いていたといった恰好の男が二人、途方に暮れたように突っ立っていたのが臆病そうに新八郎を見、その視線を御堂のほうへ向ける。

藤助が御堂の正面の格子戸から内側を覗いた。

「旦那」

と新八郎をふりむいた表情は流石、隼《はやぶさ》の旦那の一の子分と自負するだけあって、胆《きも》がすわっていたが、顳顬《こめかみ》がぴくぴく痙攣《けいれん》しているのは怒りの故か。

「ひでえことをしやがる」

新八郎は藤助と代って御堂の中へ入った。

五

仰向《あおむ》けに倒れている女は顔が熟した柿のように割れていた。

髪形は丸髷《まるまげ》で、古びてはいるが鼈甲《べっこう》の櫛と簪《かんざし》は高価なもので、以前は、裕福な暮しをしていた者ではないかと思われた。

血まみれになっている着物は上等の霰《あられ》小紋で帯は黒繻子《くろじゅす》と美しい花模様が腹合せになっている。

その花模様に見憶えがあるように新八郎は思ったが、なにしろ、普段から女の着物などに無頓着なので、どこで似たようなものを目にしたのか見当がつかなかった。

女の外傷は他に胸を刃物で一突きにされていた。

死体に合掌して、新八郎は外へ出た。

そこに居た二人の男は逃げる気もなく、ただ、もはや立っているのも限界だったのか、今は地に座り込んでいる。新八郎をみると、

「俺がやったんでねえだ」

「俺でもねえ」

と叫び出した。

「黙れ」

一喝して、新八郎はいつもより強い声で二人に訊ねた。

「お前達の仕業でないなら、この女を殺害したのは誰だ」

「知らねえ」

「では、知っていることを話せ、正直に申さぬと代官所へひっ立てるぞ」

藤助が十手を取り出し、二人が震えながら訴えたのによると、彼らは畑仕事をしていて、この御堂へ旅人らしい三人連れが入って行くのを見かけたという。弁当でも遣《つか》うのかと思っていると、間もなく二人が出て来て立ち去り、それっきり帰って来ない。

だんだん気になって仕事が手につかなくなり、みんなで見に来て、

「ぶったまげただ。俺ら二人が張り番に残されて、みんなは名主さんに知らせに行ったがね」

というのがやっとという所へ、百姓達が名主の手代という中年の男を先に立てて戻って来た。

新八郎が自分の身分を明らかにし、手代は江戸町奉行所の与力というだけで腰が引けてしまい、あとはまかせて、どうか御出立下さいとひたすら勧める。

それ以上、事件にかかわり合いたいという気はなくて、新八郎は藤助をうながして街道へ戻った。

なにしろ、もう一息で白河であった。

「とんだ所で、嫌なものを見ちまったな」

五

苦笑して新八郎が呟き、藤助は、

「あの連中で大丈夫でございますかね。あの殺しは並みのもんじゃありませんや。よくよく怨《うら》み骨髄《こつずい》に徹してでもいねえことには……」

生唾《なまつば》を呑み込んだ。

「藤助も、そう思ったか」

「へえ、よりによって女の顔をあんなふうにしちまうってのは、お江戸でも滅多にねえんじゃありませんか」

「あたら美人を勿体ねえな」

「美人でございますかねえ」

藤助が顔をしかめたのは、叩き潰された面相を思い出したからで、

「小野小町《おののこまち》も楊貴妃《ようきひ》も、ああなっちゃあおしまいだ」

あっけらかんとした口調の新八郎を少々、怨めしそうに眺めていると、

「さて、怨みでやったか、それとも、御面相を分らなくするためか、そこらが思案のしどころだな」

新八郎の一人言が聞えた。藤助はそれに続く言葉を待ったが、それっきりでやがて二人は白河宿へ足をふみ入れた。

当代の白河藩主は天明《てんめい》七年（一七八七）に老中首座となって、世にいう寛政《かんせい》の改革を遂行した松平定信《まつだいらさだのぶ》で、国許では農政に力を注ぎ、質素倹約を奨励し、名君の聞えが高いが、目下、出府中でそのせいか城下町はあまり活気がなかった。

新八郎と藤助が足を向けたのは、幸江《ゆきえ》の母の実家だという釜津田屋《かまつだや》で、江戸では白河城下の屈指の豪商と聞いたが、行ってみると店がまえは大きいほうだが、家屋敷は古めかしく働いている奉公人の数も少なく、総体にひっそりしている。

応対に出た番頭格の男に、新八郎は根岸肥前守《ねぎしひぜんのかみ》家来と名乗り、旗本、原田《はらだ》家より依頼されて、実家《さと》がえりしている幸江を訪ねて来たと告げると、男は一度、奥へ入り、すぐに戻ってきて丁重に告げた。

「主人がお目にかかると申して居ります。どうぞ、お通り下さい」

男が小僧に命じて桶で湯を運ばせ、新八郎は草鞋の紐を解いた。藤助のほうはそのまま、土間に立って、

「あっしはこちらでお待ち致します」

という。

一緒に旅に出た際、新八郎が人に会うような場合、新八郎から声をかけられない限り、遠慮して同座はしない藤助のけじめを知っているので、軽くうなずいてから新八郎は案内に従って

五

奥へ通った。

がっしりした造りの家はどこも黒光りがするほど磨かれていて、地方の素封家らしいたしなみが感じられる。

廊下のむこうに老人が出迎えていた。

新八郎を先に座敷へ通し、自分は下座について、改めて挨拶をする。

「お初にお目にかかります。手前が釜津田屋太兵衛《たへえ》でござります」

髪は白いが、皮膚の色は赤味がかって艶々《つやつや》している。見る所、好々爺《こうこうや》だが、新八郎はこの相手に油断のならぬものを感じていた。

「只今、家の者より聞きましたが、貴方様は江戸町奉行様の御家来とか。左様な御方が、幸江になんの御用でお出でなさいました」

ちらと新八郎を見た目に狡猾《こうかつ》な色がある。

穏やかな表情で、新八郎が応じた。

「用件は直接、幸江どのに申し上げる。無論、御老体が同席なさるのは御自由に……」

「幸江は江戸に居りますが……」

「ほう」

「縁あって山形藩士の原田家へ嫁ぎましたれば、江戸の原田家にて暮し居ります」

「御老体は、原田みづきを御存じでしょうな。原田家の養女、つまり、幸江どのとは義理の母子と承知して居るが……」

僅かな間《ま》をおいて太兵衛が合点した。

「名は聞いて居ります。会《お》うたことはございませぬが……」

「みづきどのよりお上に訴えが出て居るのだ。幸江どのが原田家より大切な文書を盗んで逃亡したと」

「はて……文書とは……」

「原田家にては秘帳、紅花染め秘帳と名付けて居ります家重代の文書とのこと」

太兵衛が当惑気に首を振った。

「年寄には、なんのことやら……」

「御老体は山形の生まれだそうですな」

初めて太兵衛が動揺をみせた。

「死んだ女房は山形に知り合いが居りましたが……」

「前沢藤十郎《まえさわとうじゅうろう》という名に心当りがおありか」

「それは、どなたで……」

「かつて、山形が公儀の御領地であった頃、悪代官として名を残した男と聞いているが……その手代に島次郎《しまじろう》と申す大層な智恵者が居たのは御存知か」

含み笑いが太兵衛の口から洩れた。

「隼様と仰せられましたか、流石、江戸の御奉行所の御方だけあって、江戸より五十里近くも離れた北国に住む、けちな商人の素性をようこそお調べになりました。したが、手前が若い時分に山形代官所の手代をつとめていたことが、なんぞ障《さわ》りがございましょうか」

新八郎が太兵衛と向い合っている部屋の外で、積った雪が屋根から落ちる音がした。

すでに日は暮れて、寒気はじわじわと強まっている。

太兵衛が手を二つばかり鳴らし、若い女が障子を少しばかり開けて手をつかえた。

「熱い茶を持って来るように、いや、お若い御方には御酒のほうがよろしかろうな。その支度を……」

「ああ、いや」

立ちかける女を制して、新八郎は太兵衛へ会釈した。

「左様なお心遣は無用に願いたい。もはや、お暇《いとま》を致す所存でござれば……」

女が去るのをみてから、

「今しがたの御老体のお訊ねにお答え申す。お手前様の素性については、あくまでも念のためで他意あっての上ではござらぬ。お気に障ったとあれば若輩者の不調法、お許し下さい」

頭を下げて立ち上った。続いて立とうとした太兵衛を目で制していった。

「実は本日、白河へ入る手前、あれは、遊行柳の古蹟《こせき》の近くでもありましたか、小さな御堂の中に顔をひどく打ち砕かれた女の死体があり、集った村人の話にては、殺害された女には二人の連れがあり、何処《どこ》へともなく立ち去った由《よし》、御老体には何かお心当りがござろうか」

太兵衛が激しく首を振って叫んだ。

「ない。何も知らぬ。心当りなぞあるわけはない」

新八郎が軽く手をついた。

「不躾なお訊ねを致しました。御容赦のほどを……」

そのまま立って部屋を出た。廊下をまっしぐらに玄関へ出て、その供待《ともまち》に座っていた藤助を呼んだ。

「行くぞ」

藤助が身軽く後に続き、主従はふり返ることなく城下町を走り抜けた。

新八郎の足が止まったのは遊行柳のあたりで、もはや陽は落ちていたが、残光で街道は白っぽく見える。

「どうやら、送り狼は来ないな」

苦笑まじりに新八郎が呟き、のび上って辺りを見廻していた藤助が、荷物の中から道中用の提灯を取り出して火打石をすり、火口《ほくち》をつけようとするのを制した。不審そうな顔へ顔を寄せて小さく告げる。

「今夜はこの宿場で、なるべく立派そうな宿をみつけて泊ってくれ。ただし、宿の者には間もなく、主人が到着すると俺の名を告げておく。主人は白河の知り合いの家でもてなしを受けているからと、飯をすませ、主人が着いたら起してくれと女中に頼んでさっさと寝ちまえ。夜があけたら、主人が着いていないのを驚いたり、不審がったりの芝居をさんざんしてから午《ひる》近くに宿を発って、まっすぐ江戸へ引き返せ。俺は少々、寄り道をして江戸へ戻る」

「旦那……」

「俺のいう通りにしてくれ。そうだ、宿は昨夜の丁字屋がいい」

素早く懐中から財布と、用意した書状を出し、藤助に渡した。

「念のためだが、夜旅は避けろ。江戸へ着いたら大竹《おおたけ》に俺と別れた理由をありのままに話せ。それで、大竹には万事わかる筈だ」

藤助の目に覚悟の色が浮かんだ。

「承知しました。ですが、旦那、くれぐれもお気をつけて……」

「藤助もな、頼むぞ」

「合点でござんす」

街道を右と左に分れ、藤助がふりむくと、新八郎は今来たばかりの道を白河へ無類の俊足で戻って行く。小さく吐息を洩らし、藤助は指示された通り、丁字屋をめざした。

その夜更け、白河城下の釜津田屋の裏口から男が五人、辺りを窺いながら外へ出た。

五人共、厳重な旅支度で月も星もない暗闇の道を危な気のない足取りで急いで行く。

辻の物かげに長身の男がひそんでいた。

「あいつら、夜目がきくな」

呟いて、姿がふっと消えた。


白河から江戸へ四十八里の道を五日余りで歩き通し、江戸へ入った藤助はまっしぐらに南町奉行所の裏口へ入った。

勝手知った根岸肥前守の役宅の台所へ顔を出すと粥《かゆ》を煮ていたお鯉《こい》がふりむいたが、その表情は藤助が予想したよりも驚いていない。

「殿様がお待ちかねでした。今、御膳をお運びし、お取り次ぎを致しますので……」

藤助が黙って頭を下げたのは、疲労と安堵《あんど》で声が咽喉につまったせいであったが、すぐ、なつかしい声が近づいて来た。

「藤助、御苦労だったな」

五

大竹金吾《きんご》が大ぶりの茶碗に水を注いでさし出したのを押し頂いて、藤助は一息に飲み干した。

そこへ、お鯉に知らされたものか、大久保源太《おおくぼげんた》が来た。

「どうだ、江戸の水は旨いだろう」

濡れた口を手で拭いて、藤助は二人を見た。

軽い口をきいたくせに、大久保源太が緊張していた。大竹金吾も同様である。二人が何を案じているか、藤助には一目で分った。

「隼の旦那は御無事でございます。あっしは御報告に……旦那はまだ旅の続きを……」

藤助が大切そうにさし出した書状を大竹金吾が受け取って奥へ行く。

根岸肥前守は居間を出て、廊下に立っていらっしゃった。

「新八は戻ったのか」

「藤助のみにございます」

大竹金吾がさし出す書状を受け取って、素早く目を通されている肥前守を、大竹金吾は胸を熱くしてみつめた。

新八郎が江戸を発ってからの肥前守の様子は今までのどの場合よりも愁わしげにみえた。

お傍に仕えているお鯉の口からも、

「殿様はいつも以上に新八郎様のことを御心配遊ばしていらっしゃいます。夜もなかなかお寝《やす》みになれぬ御様子で……」

と、しばしば、聞かされている。

「大竹……」

書状を巻き戻しながら、肥前守がせっかちに命ぜられた。

「藤助を、これに……」

流石に驚いて、大竹金吾は反問した。

「藤助を呼べと仰せられましたか」

「旅の様子を訊ねたい。すぐに呼んで参れ」

「しかし、それでは、藤助が仰天致します。殿の御内意を伺って手前が訊いて参りましょう」

「それではまだるこしい……」

日頃、温厚な殿様が駄々っ子のようになっているのは、そこまで新八郎を案じていらっしゃるのかと、涙が出そうになった。

「では、手前がお庭先にて、殿の御内意を承りながら、藤助を訊問《じんもん》致します。それにて、御容赦下さいますように……」

早々に立って行く大竹金吾を見送って、肥前守が、

五

「訊問とは大竹もよういうたものじゃ、藤助は罪人ではあるまいに……」

一人言におっしゃるのが戻って来たお鯉の耳に聞えた。で、

「召し上りものが冷《さ》めて居りましょう。只今、温かいのを持って参ります故……」

と気を遣ったが、肥前守はそ知らぬ顔でせっせと箸《はし》を運ばれている。新八郎が旅から帰って来た時は、いつもそうであったと思いながら、お鯉は熱いお茶を取りに立って行った。

入れかわりのように、庭先へ大竹金吾が大久保源太と二人で藤助を囲むようにして膝を突いた。

藤助は顔面蒼白になり、這《は》いつくばってお辞儀をし、肥前守が、

「面《おもて》を上げよ」

と声をかけられても、石のようになっている。

心得て大竹金吾が聞き役をつとめ、大久保源太がそれを書き留めるという形で、旅のおおよそが肥前守のお耳に入った。

やがて、藤助が下げられ、大竹金吾と大久保源太が残って居間の障子が閉められた。

早速、お鯉が居間の大火鉢に炭を足しに行く。

今日はこの季節には珍らしく朝からよく晴れて南向きの居間は縁側まで陽が当っていたが、やはり庭を吹く風は冷たい。

「やはり、其方達が申したように、松倉屋《まつくらや》の事件は奥が深かったのう」

肥前守が口を切られ、大竹金吾が頭を下げた。

「手前も驚きました。殿の仰せによって松倉屋について調べた結果、聖之助《せいのすけ》の祖父に当る釜津田屋太兵衛の前身が、前沢藤十郎の手代、島次郎であったと判明致しました時は、これこそ、この度の一件の糸口にたどりつけたかと……」

「両人共、他言無用にせよ。あれはさる御方より内々の御依頼のあった折、打ちあけられたことじゃ」

むかし、山形藩領が天領であった頃、前沢藤十郎という代官が放埒《ほうらつ》を働き、悪政の限りを尽し、困窮した百姓が国を逃げ出したので、前沢が失脚し、同年同月、武蔵川越六万石の秋元涼朝《あきもとすけとも》が入って支配した。

現在の藩主は二代、永朝《つねとも》になっている。

「東北の地はいずれも大なり小なり、その重荷を背負うて居るが、冬が長く、雪が深い。土地は農作に恵まれているとは思えず、藩の財政もきびしい」

それを補うために、各藩では産業に力を入れ、新しい財源を求めようと苦慮して居ると肥前守は同情をこめた言い方をなさった。

「山形で申せば、その一つが紅花じゃ」

紅花は海のむこうの異国より伝えられたもので、古くからその花弁を染色に用いているが、茹《ゆ》でて食べることも出来るし、種からは油がとれる。けれども、栽培も難しく、染料にするには技術が必要であると、肥前守は博識なところをお見せになった。

「さればこそ、紅花にはさまざまの秘法秘書の類《たぐい》があるそうじゃ」

大竹金吾が合点した。

「その一つが原田家に伝わる秘帳でございましょうか」

そもそも、今回の事件の発端は原田家の所蔵する紅花の秘密文書を、松倉屋から嫁に来た幸江が持って逃亡したと、養女のみづきが内々に訴え出たことによる。

「予《よ》が調べたところによると、紅花と申すはなかなかの利を生み出すようじゃ。このたび、新八が参った地方で採れる紅花の多くは酒田湊に運ばれ、北前船に載せられて京大坂へ参り、米や麦などと同様に廻船《かいせん》にて江戸に届く。これは羽州最上紅花と申して諸方に栽培される紅花より質量共に最高、なんと黄金と価《あたい》を同じくすると申すぞ」

男二人が顔を見合せ、居間のすみにひかえていたお鯉がいった。

「紅花と申すものが、それほど高価でございましたら、我も我もと紅花作りを致しましょうに、それを限られた方々が秘帳などといわれて独り占めになさるのは御商売とはいえ、なにやら理不尽にも聞えます。誰もが紅花を育て、誰もがそれを身につけたいと望めば、分相応のものを手にすることが出来る。紅花にとっても、それが本望ではございますまいか」

少くとも、紅花の秘帳をめぐって人々が争うなどという事件は起らなかったのでは、といってしまってお鯉は顔を赤らめた。

「申しわけございません。差し出たことを口に致しました。お許し下さい」

詫びの手を突いて、慌てて台所へ下って行った。

なんとなく、その後姿を見送っている大竹金吾を眺めて、肥前守は苦笑なさり、

「たしかにお鯉の申す通りじゃ。人は欲に走って我を忘れる。紅花にかかわる人々もまた同じであろう」

改めて、手許の書き付けをごらんになった。

「行方知れずとなった松倉屋聖之助だが、すでに歿っている聖之助の父、庄左衛門《しょうざえもん》は若い頃、北前船に乗っていたと申す者があるというが、それは誰じゃ」

大久保源太が顔を上げた。少々、ためらったのは定廻り同心の身分の者が、普通、奉行とじかに話をするというのは、格別の場合以外、あり得ないせいであったが、

「許す。じかに申せ」

と肥前守にうながされて、

「お訊ねの者の名は南茅場町《みなみかやばちょう》の下《くだ》り酒問屋、小西屋惣兵衛《こにしやそうべえ》にございます」

町廻りで練《きた》えた大声で答えた。

「小西屋惣兵衛とな」

僅かに間をおいて肥前守が、

「その者は、以前、北前船の一件にて、佐島屋《さしまや》の持ち船が行方知れずになっているという噂をもたらしたのと同人か」

と訊かれた。

「左様でございます。更に今一つ、庄左衛門が水夫として乗り組んで居りました船は酒田湊と大坂湊を往復致し、羽州の物産の取引を行って居る由、その商いの品々の中に紅花の名が見えて居ります」

莞爾《かんじ》として肥前守が微笑された。

「相変らず小西屋惣兵衛、よい知らせを聞いたの」

「おそれ入ります」

「もし、松倉屋聖之助に北前船のつながりが今も続いているとせば、大久保はどのように推量致すか」

「申し上げます。ただ、この推量を致しましたのは手前ではなく隼どのにございます」

新八郎が江戸を発つ前、ちょうど小西屋から松倉屋聖之助の行方知れずに関して、その情報

の一つとして聞かされたのを、大久保源太に教えて行ったもので、

「手前は、念のため、小西屋へ参りまして確かめて参ったに過ぎません」

額に汗を浮かべて釈明した。

「新八は良き友を持ったものよのう」

ぽつんと肥前守が呟かれたのは、大竹、大久保の二人が御前を下ってからで、お傍にはすっかり遅くなった夕餉《ゆうげ》の給仕にお鯉がひかえているだけであった。

「大久保も大竹も、おのれの立身出世、功名のために汗を流して居るのではない。厄介な重荷を背にして北の国へ参っている朋友の身を案じて苦慮して居る。さればこそ、寒気はきびしくとも、新八の心は温かであろうよ」

自らにいい聞かせるような肥前守の言葉に、お鯉はひっそりと頭を垂れた。

そのお鯉が目をみはったのは、翌朝、裏の井戸端で洗いものをしているところへ、旅支度の藤助が少々、かさ高な荷を背負ってやって来たからで、一緒について来た大竹金吾が、

「藤助がお鯉さんにだけは挨拶して行きたいと申すので連れて来ました。御奉行のお指図で、藤助は再び北へ参ります。もともと、当人が強く望んだことでもあり、手前も藤助が行ってくれるのが有難いのです。大久保も承知していますので何分よろしくお願い申します」

日頃の彼らしくもなく、口ごもりながら告げた。

五

藤助は晴れやかな表情で、ひどく嬉しそうでもあった。突嗟《とっさ》に返事も出来ないでいるお鯉に、

「それでは行って参ります」

挨拶も早々に、はずんだ足取りで奉行所の裏門を大竹金吾に送られて行った。

江戸の空は澄み渡っていた。

この季節にしては温かく、どこかで気の早い鶯《うぐいす》が舌足らずの声で啼《な》いている。

新八郎は今、北の国のどこにいるのか。

切ないほどの想いが突然、押し寄せて来て、お鯉は心中に合掌した。

江戸の氏神である神田明神、山王《さんのう》権現、八百《やお》よろずの神々に新八郎の無事を祈っているお鯉の上空を白い雲がゆっくり北へ流れて行った。

六

新八郎《しんぱちろう》は山形から最上川沿いに下って酒田へ入っていた。

酒田湊は、俗に北前船と呼ばれる西廻り船の屈指の寄港地であった。

ここは庄内藩の支配地で町奉行所なども置かれているが、実際に行政の殆んどをまかせられているのは、戦国の頃から三十六人衆と呼ばれている豪商仲間で、彼らが経営する廻船問屋が町の中心にずらりと大店を並べていた。

その本町《ほんちょう》通りには、日本一の大地主と自他共に認める本間《ほんま》家があって、酒田湊では極めて早い時期から自前の船を持ち、東北の米や物産を大坂へ運び、北の諸大名の藩米は勿論、御城米《おしろまい》と呼ばれる幕府の天領の米の輸送まで請負って、その御威勢は天下に並ぶ者なしと豪語している。

新八郎が滞在しているのは柏屋《かしわや》という湊に近い宿で、初老の夫婦がやっていて小ぢんまりして目立たない点が、新八郎の探索に都合よかった故であった。

一日の大半を新八郎は湊へ出て、入津している船に目を光らせている。もっとも、外見上は羽州の山側の藩領から出て来た下級武士が物珍らしそうに酒田湊の繁華な風景を見物しているといった恰好であった。

船の中《うち》、八百石積み千石積みの大型船は、弁才船《べざいせん》と呼ばれるもので、今のところ、これに勝る輸送船は建造されていない。

日和山《ひよりやま》と呼ばれている最上川河口の東の岸辺にある小高い所へ上ると、酒田湊が一目に見渡せる。

入津している弁才船の大方は大坂からやって来たもので、買積船《かいづみぶね》と呼ばれる商売の船であった。

庶民には入手しにくい衣類や布団、綿入れなどや日用品が主なものだが、船によっては高価な唐渡りの品などを扱っている。

佐渡でもそうであったと新八郎はなつかしく思い出していた。

新八郎が父の代から仕えている根岸肥前守《ねぎしひぜんのかみ》は、今は町奉行の要職にあるが、それ以前、佐渡奉行をつとめたことがあった。天明四年三月から同じく天明七年の六月まで三年余りで、在任中は、もう一人の佐渡奉行と交替で五月に参府するように決められている。

当時、肥前守のお供をして佐渡へ行ったのは新八郎の父、新左衛門《しんざえもん》で佐渡で病死していた。その知らせを受けて、母と共に慌《あわただ》しく江戸を発って佐渡へ向ったのも遠い昔のように感じられる。

遥《はる》かに広がる北の海を眺めて、しばし感無量であった新八郎が我に返ったのは、下の道から慌しくかけ上って来る二人連れを目にしてであった。

先頭は藤助《とうすけ》、その背後に続くのは、

「驚いたな、小西屋《こにしや》の粂三《くめぞう》ではないか」

江戸南茅場町に店を持つ下り酒問屋の当主の甥《おい》に当り、小西屋の大坂の店をまかされている。相変らず精悍《せいかん》な面がまえに、年齢《とし》相応の落付きが出ている。

「お久しゅうございます。その節はお世話になりまして……」

腰をかがめて丁寧に挨拶されて、新八郎は笑った。

「いや、厄介をかけたのは俺のほうだ。それにしても、藤助はどこで一緒になった」

藤助が汗だらけの顔で嬉しそうに答えた。

「小西屋さんの旦那と会いましたのは、つい、そこの湊のところでございます。大久保《おおくぼ》の旦那が御奉行様からお指図を受けたと、あっしをお呼び下さいまして、酒田湊へ隼《はやぶさ》の旦那を訪ねて行けと……」

六

「そうか、御奉行の御配慮か」

山形を発つ前に、新八郎はこれまでの探索の報告と共に、酒田へ向う旨を肥前守に書面で許しを求めていた。

藤助が懐中深く、油紙に包んであった書状を取り出し、押し頂くようにしてから新八郎に手渡し、新八郎も亦《また》、うやうやしく拝礼を行って包みを開いた。

新八郎のよく知っている肥前守の直筆であった。遠国へ旅している新八郎の身を気づかい、決して無理せぬようにと、まるで我が子に対する父親のような慈愛のこもった文面であり、更に同封されている大久保源太《げんた》並びに大竹金吾《おおたけきんご》による探索の結果に留意するよう指図されている。

大事そうに書状をしまい込む新八郎に粂三がいった。

「手前共の船は、まだ暫くは酒田湊に錨《いかり》を下して居ります。もし、お役に立つことがございましたら、なんなりと仰せ下さいまし。また、この場でお訊ね下さることあらば、知り得る限りのお答えを申します」

真心のこもった申し出に、新八郎は頭を下げた。

「では一つだけ、教えてもらいたい」

小西屋の扱う荷の中に、最上紅花はあるかといった新八郎に粂三は大きくうなずいた。

「ございます。花餅《はなもち》と申して居りますが」

「花餅……」

「手前が作り手から聞いたことでは、水洗いした紅花を笊《ざる》などに取りまして暫く寝かせた上で石臼《いしうす》で搗《つ》くそうで、それを布袋に入れて、庭に敷《し》いた筵《むしろ》の上で団子のように丸めてから、上にもう一つ筵をおきまして、そっと足で踏み、平たく伸ばす。そいつを日かげ干しにしたのが花餅で、手前共が買いつけます紅花は、この花餅になったものでございますが……」

「それは高価なものか」

条三が微笑した。

「仲間内では、よく黄金と同じ値だなぞと申すくらいで……」

生産量が決して多くはないのと、最上紅花は日本一と呼ばれるほど品質が高い故だといった。

「染料としては最高でございましょう。その美しさは男の手前でも、はっとするような、人によっては神々《こうごう》しく見えると申します。おそれ多いことですが、天子様のお召物や、高貴な御方の御装束にも用いられて居りますとか。それどころか、一番染め、二番染め、三番染めと使い続け、最後の最後には黄ばんだ色にしか染まりませんが、それとても、衣類として着て冬は温かく、お年寄やお子衆の下着にはなによりといわれます。その上、葉や茎《くき》は煎《せん》じ薬としても効能があるのが知られて居ります。作り手の方々は紅花には無駄なところはまるでないと自慢を致しますそうでして……」

夢中になって話していた粂三が、はっと気付いて頭を下げた。

「申しわけございません。つい、紅花のことになりますと我を忘れて……」

「いや、いいことを聞かせてもらった。俺は生来、武骨者だが、おぬしの話を聞いて是非、紅花が咲いているのを見たいと思うようになった」

花の咲くのはいつか、と新八郎が訊き、粂三は、

「夏でございます。早いところで四月か、まあ五月が盛りと申せましょう」

どこか夢みるようなまなざしになった。

粂三と別れ、新八郎は藤助を伴って宿へ戻った。

改めて、大久保源太、大竹金吾、各々の報告を読む。

まめまめしく茶をいれている藤助に書状を巻き戻しながら苦笑した。

「どうも入り組んだ話だな。さっぱり、わからない。まるで重箱のすみを突ついて掘り出したものを、さあ、これはなんだと訊かれたような案配だよ」

藤助がぼんのくぼに手をやった。

「旦那がそうおっしゃるんじゃあ、あっしなんぞは手も足も出ませんや」

「折角、大の男が二人がかりで調べたんだ。こっちも大の男二人で、なんとかこんがらかった糸をひっぱり出してみよう」

新八郎の言葉に、藤助はいつも身につけている手作りの帳面と矢立《やたて》を取り出した。

「まず、俺が聞いたのは、蔵前の大店、松倉屋《まつくらや》の持っている向島の別宅に人が住んでいるのが近所の人の噂になり、名主が責任上、別宅を訪ねて訊いたところ、松倉屋の知り合いだという返事であった。律義な名主が念のため蔵前の松倉屋へ問い合せると、番頭が仰天したあげく、今日は日が悪いので改めて主人がそちらへ参りますという人を食った返事であった。そうだな、藤助」

帳面に筆を走らせていた藤助が大きく合点し、新八郎が続けた。

「ところが、待てど暮せど名主の所へは何もいって来ない。あげくの果に、主人の聖之助《せいのすけ》と番頭の伊左衛門《いざえもん》が揃って急用で旅に出たという」

筆を動かしながら藤助が応じた。

「あれにはあっしも驚きました。湯島の勘兵衛《かんべえ》親分が随分と松倉屋の奉公人や知り合いを調べなすったが、誰も、何にも知らねえという始末でござんして……」

「俺が勘兵衛からその話を聞いて、最初に不思議だと思ったのは、松倉屋ほどの大店の主人にもかかわらず、親類縁者が殆んど居ねえことでね。大久保の話によると聖之助の父親の庄左《しょうざ》衛門《えもん》というのは昨年歿っていて、生みの母親のほうもあの世へ行っちまっている。身内といえば、聖之助の祖父、太兵衛、庄左衛門の妹の幸江《ゆきえ》、つまり、聖之助にとっては叔母さんってのが、なんと山形藩士の原田求女《はらだもとめ》の女房になって義理ではあるがみづきという一人娘がある。俺は落合《おちあい》家でその娘と会っているのだが、落合家での話によると、みづきは養女、義父の原田求女は病死していて、目下の所、その喪をお上には届けず、内々にみづきに養子を迎えて跡目相続をしてから死んだことを公表しようという、まあ、こいつは武士の家が断絶しないようにとの配慮で、よくある話だ。で、みづきという娘は松倉屋聖之助と縁談があったが気に入らないので断ったという上に、原田家に伝わる紅花染め秘帳と呼ばれる紅花作りの秘書を急死した求女の妻の幸江が持って男と共に逐電《ちくでん》したから、なんとかそいつを取り戻してくれというさわぎさ」

藤助が膝を進めた。

「大体の所は大久保の旦那からも承って参りましたが、今のお話は初耳で……みづき様とおっしゃるお方は、聖之助旦那に女房同様の女がいるのを御存知でお断りなすったんじゃございませんか」

あっけにとられて、新八郎が訊いた。

「聖之助に女がいたのか」

「そのようで……あっしは湯島の親分から教えられましたんですが、たしか、名前は秋江《あきえ》、松倉屋の番頭、伊左衛門の妹だと聞いています」

新八郎の顔色をみて、つけ加えた。

「ですから、勘兵衛親分は、松倉屋主人の聖之助と番頭の伊左衛門が江戸から逃げ出したのは原田様のほうから強いお叱りを受けたせいではないかと考えていなさいます」

「しかし、原田家は当主の求女どのが急逝されて……」

その先をいい渋《しぶ》った新八郎の代りに藤助が低声《こごえ》で告げた。

「原田様では御内情がけっこうきびしくて、持参金めあてで松倉屋から嫁をもらったと下世話な者が噂をして居りますが」

それは新八郎も大久保源太から聞かされていた。

原田求女の妻の幸江は歿った松倉屋庄左衛門の妹であり、松倉屋聖之助の叔母に当る。

幸江が大層な持参金を持って嫁ぎ、おそらく原田家の財政がそのおかげで助かったといった事情があっても不思議ではない。とはいえ、それは焼石に水となった可能性も高い。

「それで、今度はみづきどのと聖之助の縁談が持ち込まれたのか」

吐息と共に新八郎が呟き、藤助が首を振った。

「ですが、取らぬ狸《たぬき》の皮算用でござんしょう」

六

「みづきどのが聖之助を嫌ったのでは仕方がないな」

聖之助には女房同然の相手がいると聞いたばかりの新八郎が納得しかけ、藤助が今度は手を振った。

「いえ、みづき様は満更《まんざら》ではなかったようで……ですから原田様のほうのお怒りは並ではなかったと……」

松倉屋聖之助が番頭の伊左衛門と江戸から姿を眩《くら》ましたのは、それ故だと藤助は真顔でいい、新八郎は胸の中につかえていたものがすとんと落ちたような感覚に襲われた。

「どうも俺はとんだ勘違いをしていたようだな」

といったものの、それで何もかも解ったというには程遠かった。はっきりしたのは、今度の事件が少なくとも、紅花染め秘帳を盗まれたから取り戻してくれというような単純なものではないという点だけである。

その夜、新八郎はとうとう寝そびれた。

けれども、翌朝、女中に呼ばれて新八郎の部屋へ行き、朝餉の膳に向い合った藤助には、一夜の中に新八郎がいきいきとして、いつもの新八郎らしさを取り戻しているのがわかった。長年、お供をしてさまざまの事件にぶつかって来た藤助には新八郎の表情をみただけで、彼が事件の突破口を発見したようだと推量出来る。果して、

「昔、御奉行が俺におっしゃられたことがあるんだ」

自分にいいきかせるような口調で話し出した。

「考えが袋小路に入って、にっちもさっちも行かなくなったら、最初に戻って出直せばよい。さまざまの思案は思いきりよく捨ててしまって自分はどこからその道を歩き出したのか。改めてそこから出発するのが最良であるとね」

そうはいっても、人間は弱いもので、それまでに得た知識や苦労して調べたさまざまがどうしても捨て切れない。その結果は更に深い迷路へ進んで行ってしまうので、くれぐれも留意せねばならぬ、と根岸肥前守が新八郎に教えられたのは、新八郎の父が歿って間もなくのことであった。

「あの時、俺はまだ小僧っ子でね。突然、父親に死なれて、茫然自失というか、泣きたくても涙が出ない。ただ足許《あしもと》から慄えが上って来て、自分が自分ではないような有様だった。そんな俺の肩を御奉行が両手で摑んで、これからは予を父と思え、と……」

声がかすれて、新八郎は苦笑した。

「どれほど多くのことを御奉行から教えられたことか。今、藤助に話したのもその一つなのだよ」

手拭を顔に当てて泣いている藤助に気がついていつもの調子に戻った。

「すまない。つまらぬ話をしてしまった」

藤助がまっ赤になった目を上げた。

「とんでもねえことでございます。長年、旦那の下で働かせて頂いて俺ほど果報な者は江戸中の岡っ引の中に一人も居やあしめえと嬉しくって嬉しくって、そいつがあっしの生甲斐《いきがい》でございます。その上、こんな大事なお話を承らせて頂いて、もう、いつ、どこで死んでも後悔はございません」

「よせやい。藤助に死なれてたまるか。俺にとっちゃあ唯一無二の相棒じゃねえか」

ざっくばらんに肩を叩かれて、藤助は泣き笑いの表情になった。

「勿体ねえ、有難てえことで……」

女中が新八郎を訪ねて客が来たのを知らせに来て、二人は慌てて朝飯をかき込んだ。

やがて、部屋へ案内されて来たのは小西屋粂三であった。

「朝っぱらから申しわけございません。耳よりの話を聞きまして、一刻も早くお知らせ申そうと出かけて参りましたんで……」

と挨拶した粂三の眼がきらきらと輝いている。

「実は昨夜遅くに、山形の庄屋で彦作《ひこさく》と申しますのが酒田湊の最上屋と申します、手前共が昵懇にして居る店へたどりつきまして……あの、最上屋はその名の通り、最上一帯の物産を扱う大店でございまして、とりわけ紅花は最上等の品を独占していることでも京大坂に名が通って居ります」

彦作というのは、代々、紅花農家の束《たば》ねをしている家柄で、山形藩への上納も彼を通じて行われている。つまり、その年々の紅花の出来不出来は勿論、山形藩内の紅花に関するさまざまにも通暁《つうぎょう》しているらしい。

新八郎の目くばせで、藤助が素早くこの部屋の外廊下や庭などを見廻って来たのは、粂三の知らせの重大さに気がついてのことであった。それは粂三にもわかったようで、漸く肩の力を抜いて、筋道を立てながら話を続けた。

「すでに御存知のことかも知れませんが、紅花は農家にて栽培され、そこで花餅が作られます。花餅を買い集めるのは在方の買継《かいつぎ》問屋でございまして、手前共はそこを通して花餅を仕入れ、船にて大坂へ運び、荷駄に積み替えられて京の紅花問屋へ入荷致します」

そこで粂三が一息つき、新八郎が訊ねた。

「すると、紅花作りの者に渡す賃金は買継問屋より彦作に支払われるのか」

「その通りでございます」

「では、彦作を通して上納される山形藩のほうに不正があるのか」

ふっと粂三が息をついた。

六

「何故、そうお考えになりましたか」

「其方が申したではないか。彦作の家は代々、紅花作りの農家の束ねをしている。つまりは彦作を通じて山形藩は紅花による収益を藩の財政に廻して居る。おそらくそれは莫大な金額となっていよう」

各地の物産による収入の一部が税となってその藩の財政を支えるというのは、常識であった。多くは米や麦だが、特産物が諸国に売られて稼ぎ出す場合の上納金も藩によっては馬鹿にならない。

例えば、加賀《かが》百万石といえば、加賀藩が一年の中に平均して百万石の米を産出する領地を持つという意味だが、それとても極めて大雑把な算用で豊作と不作の年ではけっこうな格差が出来る。特産物の場合は尚更であった。

「仮にも山形藩士が直接、その不正にかかわり合っているとは思いたくないが、かつて山形に縁のある者を考えてみるのはどうかと思ってね」

昨夜、眠れぬままに思案した一つだがと断って、新八郎は言葉をえらびながら語り出した。

「今、山形は秋元但馬守《あきもとたじまのかみ》様の御領地だ」

羽州村山《むらやま》郡山形の藩主、秋元但馬守永朝《つねとも》の支配下にあって六万石。江戸の上屋敷は呉服橋内にあり、中屋敷は浜町、下屋敷は四谷東角筈と池之端、深川に各々ある。

「もともと山形は足利《あしかが》の頃から斯波《しば》家の所領で山形藩となったのは斯波家分家の最上家十一代様からで、その時分は五十二万石もの所領であったそうだ」

けれども、それからさまざまの内紛があって、或る時期は幕府に一旦、所領を没収されるやらした。

「その後もなんだかだと落付かなくて、遂には天領になった。今の秋元家が藩主となる前で、その折の代官が前沢藤十郎《まえさわとうじゅうろう》といって、どういう了見か城の本丸を残してあとはことごとくぶっこわすとか、樹木を伐採して薪《まき》にして売っ払ったとか、まあ評判の悪さは今でも語り草になっている。そいつが罷免《ひめん》されて、漸く秋元但馬守様の代になり、領民はほっとしたというところだそうだ」

粂三が軽く頭を下げ、藤助が眉をひそめた。

「ひでえことでございますね。領民はさぞかし難儀なことでしたろうが……」

「但し、悪い時代の残り火はまだ少々、くすぶっているようでね。流石に地元じゃ暮せねえが、山形を遠く離れちまえば誰も知らず、当人はなに食わぬ顔でいる。それで当人が悪事から足を洗って、まともに生きて行けばそれなりに罪障消滅めでたしめでたしで終るのだろうが、人間って奴は一度おぼえた蜜の味は容易に忘れられねえものらしい」

六

男三人が話し合っている部屋の縁側に陽が射して来た。長い冬を暮して来たこの地方の人々が待ちかねている春を感じさせる光であった。

新八郎が僅かに目を細め、その視線を粂三に当てた。

「彦作は何を訴えに来たんだ。無論、紅花に関することだろうが……」

待っていたように粂三が膝を進めた。

「花餅の横流しでございます」

新八郎は驚かなかった。

「在方の買継問屋からか」

「それに違いないと思うのですが、手前共が取引をしているような、まっとうな問屋ではございません」

「そいつは彦作を通さずに花餅を手に入れているのだな」

「彦作はだいぶ以前から可笑《おか》しいと思っていたそうでございます。花餅の出荷量とその年の紅花の出来、不出来が合わないと……」

紅花も作物である以上、その年の天候や気温によって豊作、不作があると粂三はいった。

米や麦と同じように、天候に恵まれれば収穫量が多く、不順の年は少ない。

「最初は豊作の年にしては少なめではないかと思ったそうですが、摘み取りの時期が悪かったか、或いは紅花を花餅にする段階で無駄が出たりすることがないとはいえませんので、それほど気に止めなかったと申して居りました。ですが、ここ数年は上天気が続いて作り手も張り切って働いて居りましたのに、買継問屋に出荷された量は例年通りであったと申します」

藤助が遠慮がちに口をはさんだ。

「そいつは、値下りを防ぐために作り手か問屋かが細工をしたんじゃございませんか」

作物は出来が悪くては困るが、あまりに豊作すぎると値が下るのが常識だから、売り手としては豊作だと喧伝《けんでん》したがらないのを藤助はいったのだが、

「いえ、紅花に限りましては左様なことはあり得ません」

もともと、栽培する量が限られていて特に大豊作となる例はあまり聞かない。

「彦作の話でも大事に大事に手をかけて育てているようで、人によってはあまり手がかかるので敬遠するむきもあるのだとか。それに、この節は紅花の種子を関東のほうへ持って行って栽培する者が出て来たので、むしろ、そっちのほうを気にしているらしゅうございます」

「関東でも、紅花を作り出したのか」

「はい。ですが、なんと申しましても最上紅が一番でございます。これに勝る紅はないと手前は信じて居ります」

晴れやかにいってのけた粂三に、新八郎は微笑した。

「あんたのような人の手に渡る最上紅花は幸せ者だな」

「いいえ、手前が最上紅から幸せを頂いているのでございますよ」

船へ戻る粂三と別れて新八郎は藤助と酒田の町を歩いた。

軒を並べている大店はどこも活気があって江戸の本町通りと変りがない。

むしろ、店の規模はこちらのほうが大きく、敷地も広い。なかでも目立つのは廻船問屋であった。

最上川の流域には十五万石もの米が収穫出来る天領があった。

天領、即ち幕府直轄の領地からの米は御城米と呼ばれて船で酒田湊から西廻りで下関《しものせき》を経由し、瀬戸内の海を抜けて大坂へ運ばれ、その大半は蔵屋敷で処分される。残る分は再び船積みされて江戸の蔵前へ向う。

同じく、最上川沿いの米沢《よねざわ》藩をはじめ、上ノ山、山形、天童、新庄《しんじょう》の諸藩の領米もやはり酒田湊から出荷されるので、酒田湊の繁昌は日本一だと地元は自慢にしているくらいで、実際、廻船問屋の店先には商用で出入りする藩士らしい武士の姿も珍らしくなかった。

「大きな金の動く所には、こぼれる悪の種子《たね》も出て来るんだろうな」

腹の中で呟いて、新八郎が藤助と宿へ戻ると、江戸からの書状が早飛脚で届いていた。

部屋へ戻って見ると差出人は大竹金吾になっている。

「珍らしいな。あいつ、まさか嫁でも貰《もら》ったと知らせて来たのじゃあるまいな」

軽口を叩きながら書面へ目をやって新八郎は顔から笑いを消した。心配そうに眺めている藤助に低く告げた。

「おい、松倉屋聖之助は殺されていたぞ」

六

その日、御城内より退出されて来た根岸肥前守はお召しかえをすませると、用人の高木《たかぎ》良右衛門《りょうえもん》に、

「大竹は参って居るか。参って居るようなら、これへ……」

と命じられた。

侍女のお鯉《こい》が運んで来た茶を旨そうに飲み干された時、御用部屋手付同心の大竹金吾が廊下にかしこまり、

「そこは遠い、近う寄れ」

と肥前守にうながされて居間に続く次の間へ進んだ。

「例の件じゃが、大久保よりの知らせが参ったそうじゃな」

性急にお訊ねがあって大竹が顔を上げた。

日頃、どちらかといえばものに動じない、おっとりした様子の肥前守が、誰に関することになるとせっかちになられるかを大竹金吾は知っている。で、

「只今、御報告申し上げてよろしゅうございましょうか」

と伺うと、

「早速、聞かせよ」

とのことで、お鯉には、

「膳は話の後に持て」

とおっしゃった。大竹金吾が僅かばかり膝を進める。

「まず、松倉屋について申し上げます」

松倉屋の別宅で死んでいた女のほうは主人、聖之助の内縁の女房、秋江であり、男のほうはまだ身元が判明していない旨改めてお届けが出ていると大竹がいい、肥前守が軽く首をかしげた。

「はて、聖之助には左様な女があったのか」

「大久保が申して居りました。女房同然の女がありながら、聖之助が原田家の娘、みづきどのと縁談を進めていたのは何故かと……」

「聖之助がみづきを見染めたのではないのか」

「大久保も最初はそのように考えて居りました。実を申しますと、手前も落合家にて初めてみづきどのに会いました折、みづきどのの口から聖之助との縁談を嫌う言葉を耳にして居ります」

「ほう。なんと申していた……」

ためらっている大竹金吾に、

「かまわぬ。ざっくばらんに申せ」

とうながされる。

「その……うぬぼれが着物を着ているようなとやら……」

「聖之助のことをか」

「はあ」

「それは手きびしいのう」

居間のすみにひかえていた高木良右衛門が笑いを嚙み殺し、お鯉はうつむいている。

大竹金吾が急いでつけ加えた。

「ところが、大久保が松倉屋で聞いた所では、もともと、原田家のほうから持ち込まれた縁談で、みづきどのは三日にあげず松倉屋を訪ね、時には聖之助に対し女房らしくふるまったりするのを、聖之助はもて余しているようであったそうでございます」

更にいえば、松倉屋では、主人の聖之助が番頭の伊左衛門と行く先もいわず江戸から姿を消したのは原田家との縁談に困り果ててではないかと推量する者も居るらしい。

黙って聞いて居られた肥前守が、ぽつんと訊かれた。

「原田家のみづきと申す娘じゃが、今、どこに居るのか、江戸の原田家にて暮しているのであればよいが、万一……」

終りの言葉を飲み込むようにして肥前守は庭へ目を移された。

遅咲きの紅梅があるかなしかの風に僅かばかり揺れている。

肥前守が小さなくしゃみをなさり、お鯉が慌てて袖無し羽織を取りに立って行った。

七

江戸から早飛脚で届いた大竹金吾《おおたけきんご》からの書状によると、松倉屋聖之助《まつくらやせいのすけ》の死体がみつかったのは、向島の松倉屋の別宅の納戸にあった長持の中からだという。

「驚きましたね。聖之助旦那ってのは、番頭の伊左衛門《いざえもん》と旅に出たきり行方知れずみてえなことになって居りましたんでござんしょう。そいつがなんで、自分の家の別宅なんぞで……」

長持に死体が入れられていたのは、誰かに殺害されたってことじゃねぇでしょうかといった藤助《とうすけ》に、新八郎《しんぱちろう》はうなずいた。

「毒物を飲まされた上心の臓を一突きにされているってえんだから、自死じゃなさそうだな。もう一つ、聖之助と一緒に旅に出たと称して行方知れずの番頭、伊左衛門の素性だが、これまで世間にいっていたのとは大違いらしいぞ」

「そうしますってえと、山形から殿様の荷かつぎにえらばれて江戸へ来て松倉屋に奉公したてえのは……」

「でたらめさ。藤助は白河から一度、江戸へ帰った時に、大竹から聞いていないか。かつて山形が天領であった時分、代官の前沢藤十郎《まえさわとうじゅうろう》というのが悪行を尽し、領民が苦しんだって話だが……」

「へえ、昔のお城の松の木なんぞを片端から伐り倒して売っちまったり、べらぼうな年貢を無理矢理、取り上げ、逆う者はぶち殺したとか……ですから山形が今の殿様の御支配になってみんな大喜びしたてえことで……」

「その折、前沢って代官はお役御免となって追放されたんだが、こいつの妾《めかけ》のおさんというのが、釜津田屋太兵衛《かまつだやたへえ》の娘でね。もっとも俺が白河で会ったのは二代目の太兵衛、本名は島次郎《しまじろう》、つまり、前沢藤十郎が代官であった頃、その下で働いていた手代なのさ」

島次郎はもともと代官の妾であった釜津田屋太兵衛の娘と夫婦になって、義父の名の太兵衛を襲名し、江戸に山形の物産を扱う店を出した。

「つまり、松倉屋太兵衛。長男の庄左衛門《しょうざえもん》は歿って一人息子の聖之助が後を継いだ。ついでにいうなら庄左衛門の妹が、山形藩士、原田求女《はらだもとめ》の女房になった幸江《ゆきえ》で、養女に来たのが原田みづきってことになる」

慌てて帳面を出した藤助が矢立の筆を取って、ちょっとした系図を書いた。

「そうするってえと、聖之助は松倉屋太兵衛の孫、つまり、島次郎の孫てえことになりますね」

新八郎が軽く笑った。

「もう一つ、種あかしをしてやろうか。悪代官の藤十郎には本妻がいた。みよじという名で、その女と藤十郎の間に二人、子がいる。長男が伊左衛門、妹が秋江《あきえ》」

ふえっと藤助が声にならない声を上げた。

「松倉屋の番頭の伊左衛門でございますか」

「殿様の荷物持ちをして江戸へ出て来たなんてのは真っ赤な大嘘さ。二人は親の縁でつながっている。伊左衛門はその縁につけ込んで松倉屋へ這い込んだのさ」

仰天している藤助に肩をすくめて弁解した。

「えらそうに講釈したが、こいつはみんな大竹と大久保《おおくぼ》が苦労して調べ上げたことで、俺はそいつを藤助に受け売りしているだけなんだ」

ところで、と新八郎はやや声を低くした。

「藤助は気がついたか、酒田湊に入っていた船についてだ」

主な船はみな弁才船で八百石積み、千石積みの大型船ばかりであった、といった新八郎に藤助が大きく合点した。

七

「あれには胆を潰しました。品川湊《しながわ》へ行ったところで、あれだけの数の大船が沖泊りをしているのは見たことがございません」

「帆印《ほじるし》は見たか」

帆柱に高々とかかげる帆には他の船と見分けるために、それなりの帆印がついている。大名なら家紋を描いたり、染め分けなど手のこんだものがあり、馴れている者はすぐ、誰の持ち船か判断がつく。

その他には船印と称して、何々丸と船名を書いた旗を船尾に近いあたりに立てる。

新八郎は机上に料紙を出して器用に船の帆を描いた。

帆の上の半分が白、下半分は黒にきっちり染め分けてある。

「こいつを、船で働く連中は下黒《しもくろ》の帆印と呼んでいるそうだ。薩摩《さつま》様の持船でね」

藤助が目を丸くした。

「薩摩様の御家紋は、たしか、丸に十の字と聞いていましたが……」

「帆印は別なんだな」

「流石にでっかい船でございましたね」

「北の海ではよく見るよ。俺も初めて見たのは佐渡へ行った時だ」

新八郎が仕えている根岸《ねぎし》肥前守《ひぜんのかみ》は現在は江戸町奉行だが、以前、佐渡奉行をつとめたことがあったのを、藤助も思い出した。

「そういえば、あの時も旦那のお供をさせて頂きました」

江戸で起った殺人事件が発端になって、その解決に佐渡へ出かけた。

「思えば、毎度、藤助に厄介をかけているな」

新八郎が呟き、藤助が大きく手を振った。

「とんでもねえことで……あっしのほうこそ冥加《みょうが》なことで、この世に生まれて来た甲斐があったと、いつも神棚に手を合せて居りますんで……」

真実、嬉しそうな顔になった。

「あの時もそうだったが、薩摩様の船は例年、船を仕立てて松前《まつまえ》や蝦夷《えぞ》へ出かけて大量の昆布《こんぶ》を買いつけている。昆布はそもそも西廻りでやって来る北前船の主な荷で、それは大坂へ運ばれ、諸方の国に売られているんだが、むしろ、大方は清《しん》国へ輸出されている。勿論、幕府《おかみ》の許しを得ての上だが、幕府においても松前藩に命じて百万斤もの昆布を長崎《ながさき》商人に売るように公けの指示がされて、たしか年に七十五万斤ほどを長崎会所が買い取り、それを清国の船に商っているんだ」

七

実際、新八郎はかつて主君に従って佐渡に滞在していた時分、水や食糧の補給をするために佐渡の湊に立ち寄る北前船の船乗りなどから、よくその話を聞かされたものであった。

「思い出しました。この前、旦那のお供をして佐渡へ行った時、薩摩藩《あちら》さんの好かねえ侍が仕出かした人殺しの敵討や海賊退治に旦那が助太刀なすった時、薩摩のほうじゃ松前くんだりまでやって来て買いつけた昆布を清国からやって来る船に売りつけて、その代りに清国から、なかなか手に入らない薬種なんぞを買っていた。その薬種を今度は富山《とやま》の薬問屋へ売りさばいて大層、儲《もう》けていたってなことで……あれには度肝を抜かれたものでございましたよ」

「藤助は、昔のことをよく憶えているな」

「昔っていうほど古くはございませんよ。第一、こう申してはなんですが、他のことはともかく、旦那のお供をして出かけたのは、あっしにとって一生の誉れでござんして、忘れようたって忘れられるものじゃねぇんです」

「一生の誉れは凄《すご》いな」

新八郎が笑い出し、藤助はぼんのくぼに手をやったが、

「どうも申しわけございません。つい、昔話に夢中になっちまって……」

松倉屋聖之助が殺されていたというのと、酒田湊と、なにかかかわり合いがあるのだろうかと遠慮がちに訊いた。

「下手人は判っていますんですか」

「大竹の手紙では、毒物を飲まされた上、鋭い刃物で胸を突かれて絶命しているとある。死体

がみつかった時は、どうやら死後数日は経っていたというのが検屍の医者の診立てだと書いてある」

発見されたのは松倉屋の別宅で、ここには松倉屋の主人と手代が失踪したとされてから、松倉屋の奉公人が一度は、もしや、別宅に行っているのではないかと見に行ったものの、入口にも雨戸にも格別、異常はなく部屋などもざっと廻っただけで、押入れや納戸は開けもしなかったらしい。

つまり、人が一日でも二日でもそこに暮せば、それなりの痕跡が残る筈だが、それもなかったことで、奉公人は早々に帰ってしまった。

「別宅には、留守番なんぞは置いてなかったんでございましょうね」

と藤助が呟き、

「そいつは大久保が調べたそうだが、出入りの植木屋が頼まれて月に一度、ついでの時に外からぐるっと見廻っていたそうだ。植木屋は気がつかなかったんだが、大久保は気にしていて、町廻りの寸暇《すんか》を割《さ》いて漸く向島へ行き、閉っている雨戸に顔を近づけて異臭を感じたようだ。結局、町役人《ちょうやくにん》を呼んで戸を開けさせた。なにしろ、あそこは前にも男女が二人、死んでいたことがあるからな」

七

今にして思えば、あれが今度の事件のきっかけであったと新八郎は藤助に話しながら、自分自身にも確認していた。

「最初は向島の名主の所に、松倉屋の別宅に人が勝手に住んでいるようだと知らせがあって、念のために名主が松倉屋へ問い合せるとなにやら心当りがあるようなないような面妖な返事で、そうこうする中《うち》に松倉屋の主人の聖之助が番頭の伊左衛門と旅に出たというが、奉公人はその行く先も目的も知らされていない」

そうだったな、と新八郎が念を押し、この旅の間中、手放さない帳面を開いて新八郎の言葉に耳をすませていた藤助が合点した。

「その通りでございます」

「で、次が……」

「松之湯の松之助《まつのすけ》どんから、向島の別宅に人が死んでいるてえ知らせが入りました。みつけたのは、植木屋の六造《ろくぞう》って爺《じい》さんで……」

「そうだった。六造は松倉屋の別宅の庭の手入れをまかせられていたのだな」

「へえ。あの時、松之助どんは下手に自分が手をつけちゃあいけねえと判断して、ちょうど町廻りで番屋へ声をかけなすった大久保の旦那にお願い申して向島へお供をしたんでございました」

その結果、家の中で急所を刃物で突かれて死んでいる男女がみつかった。場所が松倉屋の別宅なので、使が松倉屋へ走って手代の半次郎《はんじろう》を呼んで来たが、二人の死体に見憶えがなく、首実検には松倉屋のすべての奉公人が呼ばれたが、みな、首を振るばかりであった。

そこまで話して、新八郎が藤助にいった。

「松倉屋には親類などはなかったのだろうか」

藤助の返事はすみやかであった。

「殆んどございませんので……」

帳面を前のほうへめくり直して広げた。そこには、松倉屋の家族や奉公人の名前とその関係が書き出してある。

「旦那はすでに御承知ですが、念のため申します。松倉屋の初代は本来は島次郎と申しまして山形では悪代官と呼ばれた前沢藤十郎って奴の手代でございました。こいつが白河の釜津田屋太兵衛の娘のおさん……もともと主人の藤十郎の妾だったのといい仲になって江戸へ逃げて、おさんの親父の太兵衛の名をそっくり貰って松倉屋太兵衛となった。で、生まれたのが庄左衛門と幸江の兄妹でございます。庄左衛門が女房をもらってその子が聖之助、ですが、庄左衛門も聖之助も死んじまって、松倉屋には跡取りはなくなりました」

「妹の幸江のほうは原田家へ嫁に入った。だが、亭主の求女は急に患いついて歿った。原田家には幸い、養女のみづきがあってとりあえず、当主の死を伏せて聟を迎え家督相続をさせる。

七

今のところ、そんな話だ」

じっと帳面へ目を落していた藤助が遠慮がちにいった。

「その……原田様のお嬢様のみづき様ですが、御親類の前で、聖之助との縁談を嫌がってお出でだったと聞きましたが……」

「そうだよ。あれは、落合家《おちあい》へ招かれて俺が大竹と一緒に出向いた時だ」

落合清四郎《せいしろう》の妻女で越後村上五万九千石の当主、内藤信敦《ないとうのぶあつ》の妹に当る小夜《さよ》姫からみづきを紹介された。

「みづきどのは幼少の折、原田家に養女に出されたそうだが義父の求女どのは若死なされ、義母の幸江どのとはあまりうまく行っていなかったような感じがしたよ」

考えてみれば、原田家は山形藩士で武家だが、松倉屋は聖之助の祖父に当る太兵衛が代官所の手代であったとしても、現在は商人であった。

武家と商家とでは家風も異るし、気風も違う。いってみれば、そうしたところが確執を生じる遠因になっているのかも知れないと新八郎は思っていたが、口には出さなかった。

けれども、それはそれとしてあの時、みづきと縁談のあった松倉屋聖之助が死んだ今、松倉屋太兵衛の血を引く者は原田家へ嫁いだ娘の幸江だけである。その娘となっているみづきは養女であった。

「庄左衛門の妹の幸江というのは、まだ行方が知れないのだな」

原田家に伝わる紅花染め秘帳と呼ばれる家伝書を持って男と出奔した女であった。

藤助が難かしい表情になった。

「あっしが聞いている限りですが、行方が知れないばかりか、松之助どんの話ではどう調べても一緒に逃げた相手の男の見当がつかないてえことで……。調べに当った大久保の旦那が本当にそんな男がいたのかどうかと、松之助どんにお洩らしになったと聞いています」

「すると、幸江が一人で家伝書を持って行方をくらましたというんだな」

「ですが、原田様からのお訴えは二人てえことだと聞いて居ります」

「可笑しいと思わないか。仮に武士の家の奥方が家の大事な文書を持ち出して逃亡した場合、男連れだとはっきり判っている場合は下手にかくし立てするのは剣呑だから、正直に届けざるを得ないだろう。しかし、大久保や松之助がどう調べても相手の男の影が浮んで来ないというのは、幸江が一人でという可能性もある。にもかかわらず、原田家では相手はどこの誰か知れないが、男と二人であったと届け出ている。武士の家で歿った当主の奥方が一人でどこかへ行ってしまったというのと、男と二人で行方知れずというのと、どっちが世間へ対して不面目か、一目瞭然ってものじゃないか」

「すると、旦那は幸江様がお一人で旅に出られたと……」

七

「誰かが、のっぴきならない理由をこしらえて、幸江をおびき出す。幸江は罠とも知らず出かけて行く……」

「そうしますと、幸江様は今、どこに……」

「わからないが、無事なら松倉屋なり原田家なりになにかしら知らせが来るだろう。第一、幸江は父親の釜津田屋太兵衛の所にも一通の文さえ寄越していなかった」

「ですが、死体になっていたとしてもそいつをかくすのは厄介なもので、大川《おおかわ》へどんぶらことやらかしましても、海まで流れちまう前に大抵は船頭がみつけたり、岸辺に浮んだりってのが多いものでございます。といって床下に埋めると野良犬が掘り出したり、お大名の広い下屋敷の中なんぞなら……」

藤助のぼやきを新八郎が軽く制した。

「俺は今、思い出したんだ。あれは芦野宿の先、遊行柳とかいう名所の近くで、顔をむごたらしく潰されている女の死体を見ただろう」

藤助が息を吞んだ。

「あれは古い御堂の中だった。丸髷の女で着物は霰小紋、帯が黒繻子と花柄のが腹合せになっていて、俺はなんとなくその花柄に見憶えがあるような気がしたが、その時は判らなかった。ただ、帯の後の垂《た》れの部分が黒繻子だけになっていて、その左の隅《すみ》に家紋のようなのが縫い出してあった。女の身許を知る手がかりになるかも知れないと、そいつを憶えておいて呉服屋に訊いてみたら、おそらく六葉唐花《ろくようからはな》という紋だろうといわれてね。この節、黒繻子の帯の垂れの所に家紋を縫いで入れるのが流行っているのだそうだ」

およそ新八郎らしくない着るものの話を藤助は真剣に聞いていたが、

「そいつは、鬼勘《おにかん》の親分のところで、小《こ》かん姐さんから聞いたことがございました。あっしがよくわからねえ顔をしたんで、小かん姐さんが簞笥《たんす》から仕立上ったばっかりの帯を出してみせてくれまして、鬼勘の親分は口では苦いことをいいながら、目を細くしていなさいましたが……」

改めて新八郎を見上げた。

「旦那は、その家紋の縫いって奴が入った帯を、死んでいた女とは別に、どこかでごらんになった……」

「藤助だから打ちあける。他の誰にもまだ話していない。大竹にも、大久保にもだ」

「滅相もない。そんな大事をあっし如きに……」

「実は原田家の女紋なんだ」

家紋が武骨な場合、正式には女でも仕方がないと、それを紋付にするが、日常のちょっとした祝儀、不祝儀には替え紋、或いは女紋と称して優し気な紋を使ったりする。

六葉唐花という家紋は本来、正式に用いられる家紋だが華やかで美しい紋所なので、親類にその紋所を持つ家があったりすると、その縁を口実に女紋に使わせてもらったりする例がある。

原田家の紋所は違《ちがい》鏑《かぶら》矢《や》で、武士の家紋としてはまことに立派であるが、女には少々、武張《ぶば》った感じがするので略式には女紋にしていると教えた新八郎に、藤助は緊張した。

「まさか……あれが……」

「断言は出来ないが、幸江どのの可能性もある」

幸江が原田家から姿をかくしたのは、新八郎達が江戸を発つ少し前であった。

夫の原田求女が急死し、その野辺送りもせず、秘帳を持ち出して婚家を去った。逃亡先は母方の実家、奥州白河の釜津田屋と目星《めぼし》をつけて、新八郎が藤助を供に後を追ったのは、原田家に一人残されたみづきの頼みを根岸肥前守が了承されたからであった。

だが、白河の釜津田屋に行ってみて新八郎は幸江が実家へ帰っていないという太兵衛の言葉は真実だと推量した。

それは、最初、新八郎の問いにとぼけ通していた太兵衛が、遊行柳の近くで殺害されていた女の話を聞いたとたん、激しく動揺し、不安をむき出しにした故である。あれは、おそらく太兵衛に思い当る何かがあった故に違いない。加えて、あの夜、釜津田屋の裏口から旅支度の男が五人、慌しく江戸へ向ったのを新八郎は物かげから確かめている。

外から火の番が鳴らして歩く拍子木の音が聞えて、新八郎は話を打ち切り寝支度にかかった。

七

翌朝、新八郎は朝飯をすませると、

「ちょっと湊まで行って来る。せいぜい、一刻かそこらで戻って来るからすぐに旅立てるようにして待っていてくれ」

といいおいてそそくさと出て行った。

今日も天気はよく、女中の話ではこの季節にしては暖かいらしい。

藤助が命ぜられた通り、万事をすませた所へ新八郎は帰って来た。宿の上り端に出ていた藤助をみると笑顔をみせてすぐ宿の下駄から草鞋に履き替えた。

宿の勘定をすませ、見送りを受けて街道へ出る。

「どちらへ参ります」

と藤助が訊ね、新八郎は晴れ晴れとした返事をした。

「江戸だ。ここまで来たんだ。少々は土産を買って行こう」

のどかな調子に藤助が途惑った。

「それじゃ、お役目のほうは……」

「大方、片付いた。あとの仕上げは江戸でのことさ」

颯爽《さっそう》と歩き出した新八郎の横顔に朝陽が光っている。

湊のほうから出船を知らせる大勢の掛け声が聞えて来た。

八

この年、江戸は立春を過ぎても寒気がきびしく霰まじりの霙が降り続くなぞして天変地異の前触れではないかと流言《りゅうげん》蜚語《ひご》が飛び、人々は不安の色を濃くしていた。

けれども、新八郎《しんぱちろう》が藤助《とうすけ》を伴って数寄屋橋ぎわの南町奉行所へ帰って来た日は久しぶりの晴天で町を行く人の表情も明るく江戸城の御堀の水は青空を映してさわやかであった。

根岸《ねぎし》肥前守《ひぜんのかみ》はいつもよりやや早めにお城を下って来たようで、新八郎が入って行った時は、お鯉《こい》がお召し替えを手伝っている最中であったが、用人の宮下覚右衛門《みやしたかくえもん》が、

「隼《はやぶさ》新八郎が帰りましてございます」

と申し上げると、

「これへ……」

およそ、常日頃、温厚にして沈着といわれる殿様らしくない声を上げられた。

すでに新八郎は草鞋をはずし、足を洗っただけの旅支度のままで大廊下まで来ていたが用人に呼ばれるまでもなく、肥前守の声が聞えると、すぐ御居間の襖口まで行って手を支えた。

「只今、帰りましてございます。早速ながらお詫び申さねばならぬことが……」

いいかけた新八郎の言葉に肥前守が苦笑された。

「白河より先へ参るなと申したに、紅花とやらの咲く国まで足を伸ばしたそうじゃな」

「残念ながら花は未だ咲いて居りませんでした」

「花の行方を追いかけて酒田湊まで行ったと申すことか……」

「勝手を致し申しわけございません」

「それ故、花より団子を拾うたというわけじゃな」

肥前守が目で新八郎を招き、新八郎は心得て背後に視線をくばったが、用人は心得たように下っていて、誰も居ない。

「御城内にてさる御方より丁重な御言葉があった。其方の働きにて大事が小事にて抑えられたとな」

新八郎も小声になった。

「酒田湊にて下黒の帆印の大船をみかけました。土地の者達が芋船《いもぶね》と呼んで居ります、例の船でございます」

帆の上の部分が白、下の半分が黒に染め分けてある帆印は薩摩藩の持ち船であった。

かつて佐渡周辺で起った事件の元凶となったこともある、幕府の側から見るとまことに厄介な存在であった。

「芋船が酒田湊で大量の買い付けを行って居りますものの一つが紅花でございました。紅花に手を加えた花餅と呼ばれるものが、もっぱら大坂より京へ運ばれて居りますとか、殿も御存知の小西屋粂三《こにしやくめぞう》より聞きました」

その粂三の話によると本来、最上の紅花は山形藩の専売であり、正規の買継問屋があって市場に出る。その花餅の横流しが行われていて密売相手の大物が薩摩藩だと新八郎はいい切った。

「おそらく、薩摩藩では御藩主はもとより重役衆もそのことを御存知ないと存じます。ただ、何処の藩にも獅子身中の虫は居りましょう。御家の為と称し、おのれの懐を肥《こ》やす者が紅花の場合もかかわり合っているように思われます」

肥前守が小首をかしげられた。

「彼《か》の藩にては、紅花が何に用いられるのであろうか。格別の利をもたらすとも考えられぬが……」

「昆布と同じやり方でございます」

八

佐渡での事件の発端になったのは一人の薩摩藩士の凶暴な振舞であったが、彼が乗って来た薩摩船は日本では極北といえる松前より北の海で大量に獲れる昆布を買いつけ、それを密売によって清国船に売りつけ、先方からは貴重な薬種を入手し、更に富山の売薬業者に下して利を得ていたものであった。

「これも小西屋より教えられたのでございますが、薩摩より南の琉球《りゅうきゅう》国にては紅を用いた染め布が高貴の者の衣服としてもてはやされて居り、それは清国にても珍重されているとか」

清国は国土も広く、今の皇帝は絶大な権力を持ち、且《か》つ、西の方の国々までその勢力下に従えているばかりか、琉球国にも朝貢を命じており、紅を用いた染布や紅花から採れる種子油は古来、薬用としていた例もあって献上物の中では喜ばれる一つだと新八郎が小西屋からの受け売りを披露し、とうとう肥前守が笑い出された。

「新八はよくよく紅花が気に入ったようじゃ。その中《うち》、紅花染めの裃なぞを着て出仕して参るのではないか」

笑いを納めて別にいわれた。

「今、申した小西屋だが其方の留守中に小西屋惣兵衛《そうべえ》より面白い知らせを大久保《おおくぼ》が聞いて参ったのだ」

小西屋というのは江戸南茅場町に店を持つ下り酒問屋で、惣兵衛はその当主であり、新八郎が酒田湊で出会った粂三の伯父に当る。

「松倉屋《まつくらや》の番頭、伊左衛門《いざえもん》と申す者の素性に不審があると申すのじゃ」

「聖之助《せいのすけ》と共に姿を眩ました男でございますな」

　そもそも、向島の松倉屋の別宅は日頃、滅多に使われることがなく雨戸は閉めたきり、庭は荒れ放題になっていたのが、或る日、急に人が住みはじめたようだと近隣の人々が噂をしはじめ、しかも、住んでいる人が昼間は全く外に姿を見せず、時折、夜更《よふ》けにひそやかに出入りをしているらしいのは、ひょっとして盗《ぬす》っ人《と》仲間の巣窟にでもなっているのではと不安にかられた者達が名主《なぬし》に訴え、名主が別宅へ行ってみると女が出て来て松倉屋の知り合いの者で、事情があって暫くの間、ここに住まわせてもらっているという。名主はそれで納得したものの、たまたま用事で蔵前のほうへ出たついでに松倉屋へ寄って別宅の件を話すと番頭が青くなってそんな話は聞いていない、早速、旦那に知らせて善処すると返事をして奥へ入ったきり、長いこと待たせたあげく、今日は日が悪いから別の日にきちんと調べて報告に行くといわれ、人のいい名主は随分と縁起かつぎをする人だと思いながらそのまま帰った。

　その伊左衛門が主人の聖之助と共に行く先も言わず旅立ったのは翌日のことである。

八

　その別宅から死体が発見され、名主から役人へ届けが出て店の者達が取り調べを受けたが奉公人は誰一人として事情を知る者がなく、聖之助の両親はどちらも歿っていて、父方の叔母が山形藩士の家に嫁いでいるだけで当人はまだ妻帯していない。番頭の伊左衛門においては五十を過ぎようとする年齢なのに独り者で人別帳を見る限り身内と呼べる者はなかった。

町方役人の調べはそこで行きづまり、後は定廻り同心の大久保源太《げんた》が独自に探索を続けていた。

「流石、大久保じゃ。あのねばり強さは定廻りの鑑《かがみ》と申せよう」

松倉屋に関してその江戸開店の当初にさか上って調べ抜いた。

「それには大竹《おおたけ》も加って居る」

新八郎が合点した。

「旅先へ大竹より知らせの文が参りまして、松倉屋聖之助が殺害されて居りましたと……」

「それよ。それもあの二人の手柄ぞ」

宮下覚右衛門が廊下をやって来た。

「大竹が大久保源太を伴って参りましたが、如何致しましょう」

はっとして新八郎が釈明した。

「おそらく手前と共に江戸へ戻った藤助が早速、大久保の許へ帰国の挨拶に参ったのでございましょう」

もともと、藤助は大久保源太の配慮で新八郎の旅の供をして行った。一度、江戸へ戻って新

八

八郎の報告を大久保に渡し、大久保から大竹へ話がついて、改めて肥前守より出された指示に従って、まっしぐらに酒田湊へやって来た。いってみれば、今度の旅ではもっぱら連絡係としての役目を忠実に果し、江戸へ戻って奉行所へ向う新八郎と別れた足で町廻り中に違いない大久保源太の許へ行った。

「あいつは律義者でございます。手前は一度、家へ戻って一休みしてから御番所へ参れば、大久保も戻って来る刻限になろうからと申してやったのですが……」

肥前守がどこか茫洋としている新八郎の表情を眺めて再び苦笑された。

「藤助は承知して居ったのであろうよ。大久保にせよ、大竹にせよ、其方の安否をどれほど案じ続けて居ったか。心を許し合った友とはそういうものじゃ」

「しかし、手前が旅に出るのは、この度が初めてではございませんが……」

「旅の重さが違うではないか。それは新八が一番、存じている筈じゃ」

素直に新八郎は頭を下げた。

「この度の一件が落着致しましたら、鰻でもおごってやることに致します」

「鰻で済むと思うか。愚か者が……」

けれども、言葉とは裏腹に肥前守の御機嫌はまことに麗わしい。

宮下覚右衛門が当惑していった。

「両名を如何致しましょうか」

肥前守が何を今更という顔をされた。

「通せ、遠慮は要らぬ。大竹に大久保も共にと申すように……」

「仰せにはございますが、大久保はお庭先までと申して居ります」

町方同心が通常、奉行の居室へ入るのは異例であった。

御用部屋手付同心の大竹金吾《きんご》は奉行用人に属し、刑事や断案の調査や起稿を行うのが任務であり、その中でも大竹金吾は有能の一人で、肥前守直属の家臣である隼新八郎と剣の同門という縁もあって比較的、肥前守に呼ばれる機会が多いが、大久保源太は定町廻り、略して定廻りと呼ばれる役で市中の犯罪の捜査や犯人の逮捕が主な仕事で、常に町々を廻ってお上の法令が正しく守られているか目をくばり、違法を摘発し、無実の罪に泣く者がないよう努力するという立場なので、まず普通では奉行の前に出ることはない。

従って奉行の私室へ呼ばれることもなく、格別の場合でもせいぜいがお庭先で、それとても、滅多に例はない。

だが、肥前守がそういった慣例に全くこだわられないのは、長年、仕えていて用人の宮下覚右衛門や高木良右衛門《たかぎりょうえもん》も心得ている。

で、一応、筋目を通した上で、大竹金吾が大久保源太を肥前守の居室の庭へ向いた縁側まで

伴って来たが、

「そこは遠い。大竹は予に縁先へ出よと申すのか」

といわれて、恐懼《きょうく》する大久保源太を新八郎と大竹金吾が無理矢理、居間の片隅にひきずり込んだ。

「それでよい。三人寄れば文珠《もんじゅ》の智恵とやら、この度の一件について各々、知り得ること、また思う所あらば忌憚なく申せ」

まず口切りは新八郎からにせよ、と名指されて彼が軽く頭を下げた。

「では、仰せに従い、一件の幕開きから申し上げます。これまでの御報告と重複する点はお許し下さい。

最初に耳に入ったのは松倉屋の向島の別宅に見知らぬ者が居住していると近所の者から知らせが入り、名主が居住者を調べると松倉屋の知り合いという答えでございましたが、名主が更に松倉屋へ問い合せると、番頭は返事が出来ず、しかも、その翌日、松倉屋主人聖之助と番頭伊左衛門が行く先も告げず旅に出たとのこと、名主は困惑したようですが、住んでいる者が松倉屋の知り合いという以上、聖之助が旅から戻れば事情も知れるかと、そのままにしておいたとか。御承知のようにあのあたりはのんびりした土地で僅かな農家の他は金持の別宅が数軒、点在する程度、名主にしましても蔵前の大商人、松倉屋の別宅と聞けば、それ以上の詮索はし

八

なくても不思議ではございません」

松倉屋の別宅に関してはそのままになり、新八郎が江戸から早飛脚で届いた大竹金吾の書状で松倉屋聖之助の死体が向島の別宅の納戸にあった長持の中からみつかったと知ったのは、酒田湊であった。

「旅に出た筈の聖之助が、実は殺されて自分の家の別宅の長持の中にあったというのは手前も驚きました」

いったい、どうやってみつけたのかと新八郎がいい、大久保源太が軽くぼんのくぼへ手をやった。

「あれは松之助《まつのすけ》の手柄でございます」

本業は湯屋の亭主で、大久保源太から手札を貰って御用聞きをつとめている松之助が知り合いの植木屋から自分の出入り先の大店の隠居所が向島にあるのだが、その近くの松倉屋の別宅の前を通ると、どうも嫌な臭いがする、野良犬か野良猫が死んでいるのではないかと隠居夫婦にいわれたと聞き帰りがけに寄ってみた。あの辺りの金持の別宅はみな敷地が広いが塀などで囲まれて家が建っているわけではないし、留守番をおいていないのが多いから、松之助は雑作もなく庭へ入って建物を一巡してみると確かに臭気が洩れている場所がある。

そこは十手捕縄をおあずかりしている身で死体をみつけたり、医者の検屍にも立ち会ったことのある立場なので不審に思い、雨戸の隙間から覗いてみると僅かだが黒い塊《かたまり》の如きものがあり、松之助は早速、町廻りの途中であった大久保源太に知らせた。

「あの時は少々、まいりました」

大久保源太が苦い表情になった。

「実は聖之助の死体は納戸の長持の中に入っていたのです。下手人は外に臭気が洩れて気づかれないようにと苦心したのでしょうが、天罰とでもいうべきですか数日前に大嵐があってあの家の古い松の木が折れ、それが屋根をぶちこわしました。納戸はその屋根の下に当るので内《なか》は惨憺《さんたん》たる有様でした。長持はひっくり返り蓋《ふた》が開いて……。手前はなんとか持ちこたえましたが、松之助はかわいそうに三、四日は飯がまともに食えなかったそうです」

松倉屋はもう店を閉めていたが、以前、奉公していた手代の一人が呼ばれて死体を見せられ、容貌や着ているもの、所持品などで松倉屋聖之助であると判明した。

「すると、聖之助は旅に出たのではなく松倉屋の別宅にいたのか」

新八郎の問いに大久保源太は合点した。

「少くとも、聖之助は江戸から出ていなかったということになります」

「一緒に旅に出たという番頭の伊左衛門の行方は知れたのか」

肥前守が大竹金吾をごらんになり、大久保源太に代って彼が一膝《ひとひざ》、前に出た。

八

「御報告が遅れ、申しわけございません。その件につきましては、今朝ほど殿が御城内に出仕遊ばしました後、御目付の佐々木弘之進《ささきひろのしん》殿より御用人が参られまして、かねてお取り調べの、伊左衛門儀、漸く、前沢藤十郎《まえさわとうじゅうろう》の倅である旨、白状致しました故、今後の御吟味は御番所に万事、まかせられるとのこと、されば早々に御番所より伊左衛門の身柄を受け取りに参る手配がすみましてございます」

肥前守がうなずかれ、新八郎がいった。

「手前は白河にて前沢藤十郎の手代であった島次郎《しまじろう》に会って居ります。只今は釜津田屋太兵衛《かまつだやたへえ》と名乗って居りまして、山形藩士、原田《はらだ》家へ嫁ぎ、後家となった幸江《ゆきえ》と申しますの父親に当ります」

あの時、新八郎を応待した太兵衛の態度は丁重であり、みかけは好々爺《こうこうや》のようだが新八郎を見る眼には明らかに狡猾《こうかつ》なものがあり、新八郎に自分の本名が島次郎と推量されても開き直って微動だにしなかった。にもかかわらず新八郎が遊行柳の近くで惨殺されていた女の話をすると俄《にわ》かに落付きを失い、しかも、その夜更け、ひそかに新八郎が窺っていると、釜津田屋の裏口から旅姿の男が五人、急ぎ足に江戸の方角へ発って行った。

おそらく、あれは殺害されていた女が娘の幸江ではないかと、それを確かめるために太兵衛がやった者共で、それも店の奉公人ではなく、日頃から太兵衛が飼っている特別な手の者という感じが強い。

如何に大金持とはいえ、商人がそうした人間とかかわり合いがあるのも、太兵衛の前身が代官所の手代で前沢藤十郎の腹心としてさまざまの悪事に荷担していた過去を思えば不思議ではない。

また、江戸の松倉屋は白河の釜津田屋の出店で太兵衛の悴の庄左衛門《しょうざえもん》が二代目となり、その女房との間に生まれたのが聖之助。また、庄左衛門の妹に当るのが原田家へ嫁いだ幸江だが、こちらは夫婦の間には子がなく養女を迎えて聖之助を聟にする筈であったが、聖之助が殺害されてしまった今は、それもふり出しに戻っている。

肥前守の御前でそこまで話していて、ふと新八郎は気がついた。

太兵衛は矍鑠《かくしゃく》としていたが、すでに老齢である。跡継ぎの庄左衛門が病死し、一人息子の聖之助が殺害された。江戸の松倉屋は聖之助と伊左衛門が行方知れずになった直後、店は左前であったという風評がとんだが、店は閉めているものの、売りに出たという話もないし、別宅もそのままであった。更に松倉屋の本店ともいうべき白河の店は以前と変りなく商売を続け、扱っている物産の量はむしろ多くなり、資産もあって、白河では指折りの富商といわれていた。

八

心に浮ぶままを新八郎が口に出すと肥前守が、

「松倉屋の遺産を相続する者は他に居らぬのか。庄左衛門の女房は別として白河の太兵衛にもしものことがあった場合じゃ」

長男の庄左衛門とその息子の聖之助の他に血族は、といわれて、新八郎は顔を上げた。

「庄左衛門の妹、幸江は十中八九、殺されて居りましょう」

顔は潰されていたが、年恰好からしても、また原田家の女紋の入った帯を締めていた点からしても、あの死体が幸江の可能性は大きい。

「仮に幸江が生きていれば、今まで白河の実家にも姿をみせず、江戸にも戻って来ないのは平《ひよう》仄《そく》が合いません。伝手《つて》を求めて何度か白河のほうを内密に調べさせていますが、釜津田屋ではごく内々に菩提寺《ぼだいじ》で幸江の法要を行っているそうでございます」

肥前守が僅かばかり口許をゆるめられた。

「原田家のほうはどうじゃ。幸江と申す者は原田家へ嫁いだのであろう」

「仰せの通りですが、原田家は当主が歿って居り、それさえ、お上には未だお届けが出されていない有様と聞いて居ります」

家宝ともいうべき紅花の秘帳を持ち出して去った妻が旅の途中で死んだらしいというだけで法要を営むかどうかと新八郎がいい、更に肥前守が続けられた。

「原田家には養女の娘が居ったの。聟は松倉屋聖之助とやら申して居ったが、まとまらぬ中に聖之助が殺されたということじゃな」

「左様でございます」

「娘はどうして居る」

肥前守の視線が大久保源太に向き、彼が慌てて頭を下げた。

「お傍まで申し上げます」

「よい。じかに申せ」

新八郎がそっと大久保源太の背を叩き、みかねて大竹金吾が代った。

「おそれながら、手前より申し上げます。大久保は隼どのが旅立たれる前に指示をされたとのことで、それとなく原田家の様子に注目して居りました。大久保によりますと原田家はもともと紅花作りの者達の頭領といった立場の者で山形藩より三十俵を頂戴していたと申します」

三十俵というと金にして約十二両であった。

当時、若党一人でも年間に四両程度の給料を払わねばならない。

原田家の場合、一応、藩士であるから最低でも若党一人に女中一人は必要であった。すると奉公人の給料をさっ引いて六、七両程度で一年を暮すことになる。

ちなみに、江戸町奉行所では与力は二百石、同心は三十俵二人扶持が建前だが現実にはその十倍以上の所得があるといわれている。諸大名家から毎年、領国から江戸へ参勤交替で出て来る度に、将軍家へ決められている献上金と物産が土産として納められるが、その折、奉行所にも献残《けんざん》と称して然るべき金と物産が届く。それは、地方から主君の供をして出て来た新参者が江戸に不馴れの故に起すさまざまの不祥事を、その藩名などを出さずに穏便に収めてもらうなど、しばしば奉行所の厄介になるからで、奉行所ではそれらを均等に与力、同心に分配するしきたりなので多い時は給料の十倍にもなる。

新八郎の場合は仕えている肥前守は奉行の職禄だけで三千石。直属の家臣は用人二人と新八郎、侍女のお鯉、その他少々の召使ぐらいで、とり分け新八郎は親の代からの内与力なので肥前守は我が子のように心をかけて下さっている。加えて、新八郎の妻の郁江《いくえ》は裕福な旗本で新八郎の親友でもある神谷鹿之助《かみやしかのすけ》の妹なので、実家からも到来物のおすそわけだなぞと称して始終、あれこれと運ばれて来る。それは、新八郎にとって重荷でないこともないが、生来、あまり物事にこだわらない男なので、なんとなくやり過して来ていた。

なんにせよ、原田家の財政は決して豊かとはいい難い。

大竹金吾が報告を続けた。

「これも大久保の調べた一つにございますが、原田家には先々代あたりからのかなりな借金があり、それが幸江の持参金にて一応、片がついたようでございます」

新八郎が合点の行かぬ顔をした。

「幸江は松倉屋の娘であろう。兄の庄左衛門は歿っていても、跡継ぎの聖之助は甥、それに親は白河の釜津田屋だ。器量は悪くなかったようだし、特別、体に障りがあったのでもなかろう。なんで貧乏藩士の家へ嫁いだんだ」

肥前守がその昔の腕白坊主《わんぱく》の口調になっている新八郎を慈父のまなざしで眺め、大竹金吾に助け舟を出された。

「よう考えてみよ。幸江の父は釜津田屋太兵衛と名乗って居るが本名は島次郎、山形の悪代官、前沢藤十郎の配下で悪行を働いた後、藤十郎の妾を寝取って、藤十郎の失脚後、江戸へ出て来た男じゃ。娘の幸江に然るべき相手と縁談が起れば、先方はまず嫁になる女の親について調べるかも知れぬ。島次郎にとっては剣呑な話であろう。代々、借金を抱えている原田家ならば鴨《かも》が葱《ねぎ》を背負《しょ》って来るような縁談を歓迎こそすれ、相手の親の素性など疑ってみる気すら持つまいよ」

それでも黙然としている新八郎を眺めて、大久保源太と大竹金吾におっしゃった。

「新八は予の口から、幸江が原田家へ嫁入りした真の理由は、原田家に伝って居るという紅花染め秘帳を持ち出すためといわせたいのであろうが」

漸く、新八郎が顔を上げた。

「これは、あくまでも手前の推量にて確証は未だ突き止められては居りません。それをお含みの上、お聞き下さい」

酒田湊で知ったことだが、北前船に積み込まれる花餅、即ち、紅花を加工した紅の原料ともいうべきものは山形藩の管理下にあって特定の買継問屋を通して大坂商人の手に渡る。が、それとは別に横流しもされていてその買い手の中には薩摩藩のような大物も混っているらしいのは小西屋粂三からも聞いた。

新八郎が酒田湊で花餅を扱う問屋を一軒一軒尋ね廻って重い口を割らせた結果、面妖な人物が浮んで来た。

「それは大坂商人でもなく、山形藩の者でもありませず、その下で働いている者の話では、主人は山形にゆかりの深い身分のある者で商いのために始終、江戸へ出かける時には長く滞在して来ることもあるとか。五十を過ぎていようかという年頃で体つきは痩《や》せぎす、無口で、人を寄せつけないところがあると申します。娘があり、江戸に住んでいるが、その娘のいうことには全く逆わない親馬鹿だと申すのです」

「名は……」

と肥前守が訊ねられ、新八郎が眩しそうな表情になった。

「伊左衛門と聞きました」

「新八はその者の顔を見たのか」

「いえ、江戸へ参っているとのことで……」

「女房も江戸か」

「はい。ですが、何故か別宅に住まわせていると聞いていた大竹金吾がそっと口をはさんだ。

肥前守と新八郎のやりとりをじっと聞いていた大竹金吾がそっと口をはさんだ。

「これは大久保が松倉屋の周辺の商家を廻って調べている中に耳に入ったことでございますが、とりあえず手前から申し上げます」

ちらと大久保源太をみてから続けた。

「伊左衛門は若い時分、力自慢で殿様の参勤交替の折、荷物かつぎにえらばれて江戸へ出て、暫くは下屋敷で畑仕事などをしている中に口をきいてくれる人があって松倉屋に奉公したと申して居りましたが、改めてこの度、調べたところ、真赤な嘘でございました」

山形藩をはじめ、その近隣の諸藩まで訊ねても、伊左衛門の申し立てに該当する者はなく、再度、松倉屋の古い奉公人に問いただすと、

「あの人はうちの先々代の旦那の古いお主筋に当る人の悴で、親が悪事を働いたので在所には居られなくなり、昔の縁を頼って松倉屋へ入り込んだそうだ。先々代の旦那は何もいいなさらんだが、ひょっとすると旦那もかかわり合いがあったんじゃねえかと奉公人同士で話したことがございます」

と大久保源太に打ちあけたと大竹が話し、大久保源太が肯定の意味で頭を下げた。

で、新八郎が、

「只今の話に符合致しますのは、山形が秋元但馬守《あきもとたじまのかみ》様の御領地になる以前、幕府《おかみ》の御支配中のことと存じます」

天領には代官所が置かれて代官が政務を行う。

「山形の代官所支配の頃と申せば悪名高い前沢藤十郎でございます」

彼はすでに死んでいるが、もし伊左衛門が藤十郎の子なら、昔、藤十郎の手代であった島次郎、現在の松倉屋太兵衛にとって伊左衛門は主人の子であった。

父親が没落し、山形に居たたまれなくなった伊左衛門が江戸へ松倉屋太兵衛を頼って行き、太兵衛が名ばかりの番頭として世間体をとりつくろい、面倒をみていたというのも合点が出来る。新八郎がそこまで話の糸口を開き大久保源太が漸く語り出した。

「伊左衛門について調べましたことを申し上げます」

これは松倉屋に出入りしていた植木屋の職人の申し立てだが、伊左衛門が江戸へ出て来た時、女房子連れであったという源太の言葉に新八郎、大竹金吾の二人が顔を見合せた。

「待てよ、大久保……」

気を取り直して新八郎が訊ねた。

「その女房子はどこに居るんだ」

松倉屋のような大店では奉公人の場合住み込みが多く、それ故に女房を貰うのがけっこう遅くなるという話は新八郎も聞いていた。

しかし、伊左衛門の場合、松倉屋太兵衛にとっては元主人の子であるから格別のはからいをしても仕方がないのかと思い直して訊ねたのだが大久保源太の返事は意外なものであった。

「暫くは向島の松倉屋の別宅にいたようなのです。ですが、伊左衛門は全くといってよいほど姿を見せず、それ以前と同様に松倉屋に自分の部屋を貰って寝泊りしていたそうです。調べに松倉屋の奉公人が口を割ったのですから、まず本当と思ってよいかと存じます」

「向島の名主が松倉屋の別宅に人が住んでいると言って来たのはそいつらのことなのか」

「時期から考えても無理ですが、死体が合いません」

「なんだと……」

向島の別宅に住んでいたのが山形から出て来た伊左衛門の女房子であれば、死体は女は四十過ぎ、男はせいぜい二十なかばであろうと大久保源太はいった。

「実際、松倉屋で聞いても奉公人は伊左衛門の女房子の顔も見たことがないのです」

「江戸へ出て来て、松倉屋の店には行かず、まっすぐ別宅へ入ったというのか」

「そう考えられますね。少くとも奉公人はそのように思っています」

八

「すると、伊左衛門自身が迎えに行って別宅のほうへ連れて行ったのか」

東北から江戸へ出て来る人を出迎えるとすれば、まず千住《せんじゅ》の宿場であった。

「では、向島の別宅にあった死体を仮に伊左衛門の女房子としてみよう。伊左衛門の年齢《とし》を源さんは年齢が合わねえというが、伊左衛門は五十を過ぎていたようだから、四十過ぎの女房でも可笑しくはない。男が二十なかばというのも、間違いないのか」

それまで二人の問答をじっと聞いておいでであった肥前守が静かに口を切られた。

「新八。大久保が合わぬと申したのは年齢《とし》ではない。男か女かの相違であろう。山形から出て来た伊左衛門の妻女が伴っていたのは娘であろうが……」

部屋の空気が一瞬、止った。

御番所の奥庭を夕風が吹きはじめている。

九

山形藩主、秋元但馬守永朝《あきもとたじまのかみつねとも》の命を受けた用人、押田六兵衛《おしだろくべえ》が内々で江戸町奉行、根岸肥前守《ねぎしひぜんのかみ》を訪ね、何度か話し合いの上、更に目付役、近藤主馬助《こんどうしゅめのすけ》と根岸肥前守が緊急に内談するという異例の手続きを踏んで、まず原田《はらだ》家よりみづきを絶縁させ、その取調べを町奉行所へ移した。

最初は吟味方与力の訊問にすべて知らぬ存ぜぬと突っぱっていたみづきであったが、すでに拘束されていた伊左衛門《いざえもん》が白洲《しらす》に呼び出されると半狂乱になった。

「この度のこと、すべて私の一存にて企《たくら》みました。父はかかわりございません」

結局、それがきっかけになって、ぽつりぽつりとみづきの口がほぐれ出した。

吟味方が内心、驚いたのは、みづきの本当の父親が山形の悪代官、前沢藤十郎《まえさわとうじゅうろう》の子、伊左衛門で、彼が前沢家の女中おせつに手を付けて産ませた子であると判明したからであった。

「伊左衛門って奴は悪代官の悴にしちゃあ、肝っ玉の小せえ男で、父親から前沢家の恥になるから女中には暇を取らせろ、子供は始末しろと命じられて、手代であった島次郎《しまじろう》に泣きついた。島次郎、つまり松倉屋太兵衛《まつくらやたへえ》は旧主の悴の頼みを引き受けて、娘の幸江《ゆきえ》の嫁いでいる原田家に子がないのを幸い、みづきを養女に入れた。勿論、養育金をつけてのことだろう」

少々、得意気に喋《しゃべ》っているのは隼《はやぶさしんぱちろう》新八郎で場所は奉行の役宅の台所、大きな囲炉裏《いろり》があり天井から下っている自在鉤《かぎ》には茶釜がかかっていて、中には酒の入った徳利が二本、お鯉《こい》が手ぎわよく出してくれた鱠の大根添えを肴に大竹金吾《おおたけきんご》が聞き役をつとめている。

肥前守はいつもより早めに寝所へお入りになり、用人達も各々に御長屋へ下ってしまったから、この囲炉裏端は新八郎の天下のようなものである。

「考えてみると、みづきという人も気の毒な所がありますね。持って来た金は原田家の長年の借金で帳消しになる。養母の幸江には邪慳にされる。唯一、頼りにしていた渡り中間の要之介《ようのすけ》というのを幸江が色仕掛けで横取りしてしまう。おまけに松倉屋の跡取り息子の聖之助《せいのすけ》と縁談がまとまりかけていると難癖をつけて潰す。やりたい放題ですからね」

大竹金吾が呟き、新八郎が同意した。

「まあ幸江の焼餅だろうな。金がないのあるのと大騒ぎをしたが、結局、松倉屋は江戸で指折りの金持商人に間違いはなかった。聖之助というのも大竹ほどじゃないが、まあまあの男前だ。

　みづきがそういう相手と縁談がまとまろうとしている。それにひきかえ、自分の嫁いだ原田家では、持参金は食い潰され、亭主の求女《もとめ》は患いついて死んじまった。残るは紅花の利権だ」

「御奉行から伺いましたが、紅花染め秘帳とやら申すものは、紅花の栽培などに関するものではなく、紅花の密売先との約束手形のようなものであったそうですね」

　西廻り船によって大坂へ運ばれて販売される紅花餅は山形の庄屋、彦作《ひこさく》によって紅花農家から集められ、一部を山形藩へ上納して、その残りは在方の買継問屋を通して上方の商人の手に渡るのが長年の慣例となっている。

　西廻り航路に進出した薩摩の船が黒糖《こくとう》や鰹節《かつおぶし》、唐芋《からいも》を積んで来て売りさばき、松前から酒田湊へ運ばれて来る昆布や数の子、新潟《にいがた》湊に集荷される米などを買い集めて行く。その中に紅花餅が加ったのは、薩摩藩が琉球と交易を行っていた故である。

　琉球には伝統的な染め物として後に紅型《びんがた》と呼ばれるものがあった。高貴な人々が着用する衣裳で、多くは黄色の地に花鳥を描き、鮮やかな紅や藍で彩った独特の布を用いるので、その紅色は紅花ならでは出しにくい。

　で、山形の紅がはるばる海を越えて琉球へ渡って行った。

九

　大竹金吾が約束手形のようなもの、といったのは、薩摩からの船の中には正規に売られる花餅以上の量を買い集め、山形の紅花商人に渡りをつけ、酒田湊から直接、薩摩へ運ぶ悪徳商人がいて、おたがいを確認するために取りかわしていた文書のことで、独特の印形《いんぎょう》が捺《お》され、所持する者は一味の主だった者のみといわれているのを指してであった。

それを、彼らの中では紅花染め秘帳と称しているのは、新八郎が酒田湊で小西屋粂三《こにしやくめぞう》から知らされて来た。

「奴等の間では、かけがえのない代物《しろもの》だそうだ。うっかり紛失でもしたら仲間から制裁を受ける。下手をすると命にかかわるって話だった」

「原田家の奥方が持ち出したのが、もしも、それであったら、それはどこへ行ったのでしょう。第一、左様なものを所持していた原田家というのは、抜け荷仲間ということになりますよ」

「奥方が秘帳を持ち出したといったのは誰だ」

新八郎が少々面白そうにいい、八丁堀随一の男前といわれる大竹金吾が形のよい眉を僅かばかりひそめた。

「それは、原田家のみづきが落合《おちあい》どのに訴えられて、落合どのの口から我々が……」

「そのあたりから俺達はみづきの操《あやつ》り人形にされちまったのさ」

あいつは悪女だと新八郎はいった。

「山形の悪代官の孫娘に生まれたのは宿命としかいいようがないがね。おのれの欲望のためには人殺しさえやってのける。それも一人や二人ではないのだからな。仮にも養母となっている幸江だろう。松倉屋の聖之助に、秋江《あきえ》、ひょっとすると幸江の亭主の原田求女にしても病死とお届けはしていても、その実、死因がはっきりしていない。向島の別宅で死んでいた死人も下手人は自分だとみづきが白状している。食えねえのは自分一人が手を下さず、色気で釣った男に片棒かつがせていることさ」

「大久保《おおくぼ》も舌を巻いて驚いていましたよ。長年、町方の事件につき合って来たが、女だてらにこれだけ残虐な手口は奉行所始まって以来の出来事ではないかといいましてね」

幸江の場合は原田家へ養女に入って、さんざんいびられたり、いじめられたりした怨みのあげくという理由はあっても、

「顔を石で叩き潰すなどとは男でも、滅多にやりません。聖之助を旅に出たと思わせて別宅の長持の中に死体をかくす。第一、なにやかやと自分の手足となって悪事を働かせていた男の口をふさぐのに、血を分けた自分の叔母を利用し、一緒に殺してしまうというのはよくよく悪智恵に長《た》けているというか、空怖しい気がしますよ」

と大竹金吾がいったのは、これもみづきの自白によって明らかになった向島の松倉屋別宅で発見された男女の死体で、女は伊左衛門の妹の秋江、男は渡り中間で当時、原田家へ奉公して

いた要之介であった。

「まあ、みづきというのはあの通りの器量よしですから、若い男が目をかけられて、誑《たら》し込まれるのはわかりますが、使うだけ使って殺害する手口は女とは思えません」

黙って聞いていた新八郎が重い口調でいった。

「俺が不思議でならないのは、どうして、そう次々と人を殺さねばならなかったのか。要之介って奴を使って目的の殺人をやりとげれば、相応の金をやって江戸から姿を眩すように仕向けてもよかろうに……」

金がないならともかく、みづきは父親を間に立てて、北前船での抜け荷を行っていた首魁《かしら》であった。実際、みづきはそうやって手にした巨万の富を原田家の蔵の床下に隠匿《いんとく》していたが、お上の探索の結果、掘り出され、没収されている。

「あの人は誰も信じないのですよ。利用し尽したら殺す。独り占めにした金は船を買うつもりだったそうですよ」

大竹金吾がぽつんといった。

「船だと……」

「それも八百石積みの弁才船です」

現在、この国で所有出来る最も秀れた大型船であり、北前船と呼ばれる商い船もほぼ、その型の船を使用している。

「女だてらに船なんぞ買ってどうする気だ」

「勿論、商売をするためです」

取調べの役人に対して船を自分が所有出来たら、琉球はおろか海の彼方のさまざまの国へ出かけて行って、その国の物産を調べ、我が国が必要とするもの、先を争っても入手したがるような品々を買い集め、持ち帰れば大層な儲けになる。また、我が国の物産で、むこうの国が欲しがるものを積んで行けば、これまた仕入れた値の二倍、三倍以上に売りさばける。どうしてこの国はみすみす国が豊かになる方法に目をつぶっているのかと堂々と主張した、と大竹金吾は低声《こごえ》になって告げた。

「冗談じゃない。それはそういう昔もあったが、三代様の頃、御禁制になって、万一、そんなことを仕出かしたら間違いなく獄門、当人だけじゃあない一族ことごとく磔《はりつけ》と決っているのは三歳の子だとて知っているだろう」

足利幕府が終焉《しゅうえん》の頃、諸国に群雄が割拠して戦国の世になった時代にポルトガルの商人が漂着したのをきっかけに異国の船が続々と来航し、我が国からも南へ向けて商いの船が往来した話は勿論、新八郎もおおよそだが、知っている。それらが禁制となり、外国船は限られた国のものだけが長崎湊に限り入津を許されて貿易を行っているものの、日本船の海外渡航は厳禁された。

「新八さんのいう通りです。しかし、あの女は百年以上も大昔のことを馬鹿正直に守っている幕府《おかみ》の気が知れないと……」

「おい……」

流石に、新八郎があたりを見廻したが、この時刻、起きているのは天井裏の鼠ぐらい、台所にはお鯉の姿もなかった。

「凄い女が出て来たものだな」

新八郎が呟き、大竹金吾が時刻に気づいて腰を上げた。

「取調べの方々は狂人扱いにしましたよ。勿論、御記録にも残りません」

「御奉行は御存知なのか」

「別間から御吟味のあらかたをお聞きになっていらっしゃいましたからね。お取調べの方々に対しては御苦労であったと御言葉があった由です」

そそくさと大竹金吾が帰ってから、新八郎は役宅の庭へ出た。

今夜は宿直《とのい》番である。

夜空は澄んでいて青味を帯びてみえる。

中央には天の川が白く流れていた。

何故ともなしに初めて原田みづきに会った時のことが思い出された。
あれは、番町に住む落合清四郎《せいしろう》の屋敷であった。
新八郎の妻、郁江《いくえ》の兄に当る神谷鹿之助《かみやしかのすけ》の使が新八郎の役宅を訪ねて来て、郁江に置き手紙をことづけて帰った。御番所から帰って新八郎が手紙を読むと、頼みたいことがあるので御用の暇の出来た時に番町の自宅を訪ねて来てもらえないかといったもので、文面からすると急を要するとは思えなかった。

にもかかわらず、翌日、肥前守が御城内に出仕され、いつものように御門口までお送りして御番所へ戻って来ると、大竹金吾から、「御奉行のお指図です。手前と御同行下さい」とささやかれて、彼と共に落合家へ行った。ということは、その朝、新八郎が御番所内に頂いている住居から御番所へ入る以前に、大竹に指示をなさったので、それは新八郎が出仕するのは御奉行が朝餉をすませてお召しかえになる直前であるから、そこには用人の宮下覚右衛門《みやしたかくえもん》や高木良右衛門《たかぎりょうえもん》もひかえているので、肥前守が彼らの耳にもなるべくなら入れないようにと配慮された故に違いない。

別に肥前守が仕えている二人の用人を警戒されたとは思えないが、今回の事件の全容が明らかになった今は、肥前守が長年の経験から、謀《はかりごと》は密《みつ》にと本能的に用心されたのだと新八郎には合点出来る。

九

それにしても、初めて会った原田みづきの印象はなんともいきいきとした美女であった。落合家の菊畑の中に咲く大輪の白菊を新八郎に連想させた娘が殺人鬼であったとは、未だに釈然としないものがある。

たしかに、みづきの生い立ちは幸せとはいい難い。

山形の悪代官、前沢藤十郎の血筋として生まれたのは、みづきの罪ではないが、それ故にたどったみづきの半生は常に幸せと不幸せが背中合せになっていた。

原田家の養女に入ったことで、前沢家と縁が絶てたと思えば、養母の幸江に悪人の血統と知らされ、疎《うと》まれ、徹底的に虐《いじ》められた。

裕福な家の跡継ぎとの縁談が起って、これで原田家を出て行けると思ったのも束《つか》の間、破談になった。

みづき自身は聖之助を大嫌いだ、うぬぼれが着物を着ているようだなぞと憎まれ口をきいていたが、今にして思えば、あれはみづきのせい一杯の強がりであったに違いない。

男の新八郎からすれば、つまらない見栄を張らず、素直に生きればよかろうと考えるが、女心とはそういうものかも知れない。

なんにしても、取調べの役人達から、殺人鬼のような女、と断じられたみづきであった。

死罪はまぬかれない。その父親にしても同罪であろうか。

夜風が衿許を吹いて、新八郎は宿直部屋へ戻って行った。

そして、明日から暦《こよみ》が弥生《やよい》になるという日の午下《ひるさが》り、御城内から用人を従えて退出して来られた肥前守がお出迎えのため、平伏している新八郎をみると、

「ちと新八に内々の用を申しつける。其方達は下っているように……」

と用人に命じられた。

で、用人の宮下覚右衛門は居間へ入らず控部屋へ引き上げて行く。

それを聞いていたお鯉が遠慮して台所のほうへ行きかけるのを、

「琉球屋は参って居るか」

とお訊きになった。

「先程、大竹様がお伴いになり、供待部屋におひかえなさってお出でございますが……」

お鯉の返事に、やや怪訝《けげん》そうな雰囲気があったのは、琉球屋は本石町《ほんこくちょう》の呉服商で、今まで根岸家へ出入りしていたことがない、いわば新参の商人であった故である。

けれども、肥前守は満足そうにうなずかれて、

「その者を呼ぶように、大竹に申しつけよ」

と、御自分はお召し替えもなさらず座布団の上に座られた。止むなくといった恰好で新八郎も下座にひかえる。

九

待つほどもなく、大竹金吾が先導して、ぼつぼつ還暦かと思える年配の男がけっこうかさ高《だ》かな風呂敷包みを抱えて、腰をかがめ、おそるおそるといった恰好で廊下に進み、そのままひれ伏した。

肥前守が、

「申しつけた品を持参致したか」

と訊かれ、声も出せない琉球屋の主人に代って大竹金吾がお答えした。

「殿のお気に召すかどうか甚《はなは》だ心もとなきように申しましたが、取りあえず持参致させました」

「早速、見せよ」

せっかちに肥前守が指示されて、琉球屋の主人が慄える手で風呂敷の結び目をほどき、大竹金吾が介添えをして行李《こうり》の中の反物《たんもの》を取り出し、並べて行く。

新八郎があっけにとられたのは、そのすべてが色鮮やかな、異国風の模様の品であったからで、それとなく肥前守の様子を窺うと、

「新八はこれらを見て、思い当ることはないか」

と訊かれた。

「手前の武骨は殿の御存知の通りにございます。女の着るものなぞ、一向に分りません」

いささか自棄《やけ》っぱちの返事をすると、

「では、大竹はどうか」

と矛先が移った。

「手前も初めて目にする布でございますが、これらに用いられている赤は紅花より取り出したものではないかと……」

肥前守が満足そうにうなずかれた。

「大竹の申す通りじゃ。新八は紅花の咲く国まで出かけながら不風流この上もないのう」

呵々《かか》と大笑されて、新八郎はむくれた。

「手前が彼《か》の国へ参りました頃は、残念ながら花も咲いて居らず、染め屋に立ち寄る用事もございませんでした」

「では、夏の頃、また参るか」

殿様の口調に揶揄《からか》い気分が横溢《おういつ》して、新八郎はいよいよ憂鬱になった。

間の悪いことに、ちょうど茶を運んで来たお鯉が目を丸くして広げられた布地を眺めている。

「どうじゃ。お鯉、気に入ったものがあるなら、遠慮せず申せ」

父親が娘にいうような口調で肥前守がお鯉におっしゃり、お鯉がかぶりを振った。

九

「とんでもないことでございます。私の如き者には到底、着こなせるものでもなく、また身分不相応に存じます」

「そのようなこともあるまい」

肥前守が琉球屋の主人に応援をうながした。

恐縮しながらも、そこは商人のことで、おそるおそる、

「御無礼ながら、手前の存知よりを申し上げますでございます。こちら様がお召しになるのでございますれば、紅型の染めは黒繻子の布地と腹合せに致しまして帯としてお使い遊ばせば大層、高尚でよくお映《うつ》りになろうかと存じます。また、こちらの絣《かすり》地は格子に紅染めの糸が織り込まれて居りまして、上品でお召しになりやすいかと。もし、お気に入って頂けますならば、まことに恐悦《きょうえつ》至極《しごく》に存じ奉ります」

と畳に頭をすりつける。

肥前守は御機嫌麗わしく、

「では、その二品に決めよう。早速、仕立てて届けて参るように……」

と命じられた。更に、

「別に申しつけたものを見せよ」

とおっしゃる。

琉球屋の主人が取り出したのは紅型の模様を藍染めにした小紋で、異国風の柄が藍の色のせいで、江戸小紋風の風格におさまっている。

「新八」

と肥前守がお呼びになった。

「過日、御老中のさる御方より直々に謝意の御言葉があった。紅花の咲く藩においても不祥事が未然に解決され、また、芋船どのの一件も先方に釘を打つ結果となった。あのまま、芋蔓《いもづる》の延びるにまかせておけば、将来に禍根を残すことは必定、幕府《おかみ》においても胸撫で下す思いであったと仰せられての。大いに面目をほどこした。それにしても新八を遠国へやるのはこれで終りとしようと思う。くれぐれも自ら災《わざわ》いの種を拾うて参るなよ」

思わず顔を上げた新八郎の眼に、慈父にも似た肥前守のまなざしが映り、新八郎は胸が熱くなった。

その新八郎の前に肥前守が御自分から藍染めの反物を置かれた。

「この節、琉球小紋とやら申すそうな。其方につかわす、仕立などは琉球屋にまかせるがよい」

当惑して、新八郎は反物を眺めた。

「これを手前に着よと仰せられるのですか」

九

肥前守が大笑いされ、ひかえていたお鯉が袂を口許に当てた。

「着たくば着るがよいが、本来は女子の着るものじゃそうだが……」

新八郎の妻、郁江にという肥前守の思《おぼ》し召しに新八郎が頭を下げ、かしこまって御礼を申し上げた。

海棠《かいどう》の花が満開になっている奉行所の庭になんという名の鳥か、しきりに囀《さえず》っている。

江戸は晩春の陽気になっていた。

初出誌
「小説現代」二〇一三年一月号～九月号

紅花《べにばな》染《ぞ》め秘帳《ひちょう》　はやぶさ新八《しんぱち》御用旅《ごようたび》

第一刷発行　二〇一四年二月二十七日

著　者　平岩弓枝　ひらいわ ゆみえ

発行者　鈴木 哲

発行所　株式会社講談社

東京都文京区音羽二―十二―二十一

郵便番号　一一二―八〇〇一

電話　出版部　〇三―五三九五―三五〇二

販売部　〇三―五三九五―三六二二

業務部　〇三―五三九五―三六一五

印刷所　豊国印刷株式会社

製本所　黒柳製本株式会社

定価はカバーに表示してあります。

ISBN978-4-06-218810-4

N. D. C. 913　182p　19cm

平岩弓枝
「はやぶさ新八」シリーズ全著作

御用帳シリーズ

『はやぶさ新八御用帳(一) 大奥の恋人』
『はやぶさ新八御用帳(二) 江戸の海賊』
『はやぶさ新八御用帳(三) 又右衛門の女房』
『はやぶさ新八御用帳(四) 鬼勘の娘』
『はやぶさ新八御用帳(五) 御守殿おたき』
『はやぶさ新八御用帳(六) 春月の雛』
『はやぶさ新八御用帳(七) 寒椿の寺』
『はやぶさ新八御用帳(八) 春怨　根津権現』
『はやぶさ新八御用帳(九) 王子稲荷の女』
『はやぶさ新八御用帳(十) 幽霊屋敷の女』

御用旅シリーズ

『はやぶさ新八御用旅(一) 東海道五十三次』
『はやぶさ新八御用旅(二) 中仙道六十九次』
『はやぶさ新八御用旅(三) 日光例幣使道の殺人』
『はやぶさ新八御用旅(四) 北前船の事件』
(以上全て講談社文庫)

『はやぶさ新八御用旅(五) 諏訪の妖狐』 (単行本)